Die magische Insel
Verrat bei den Wikingern

Weitere Schulausgaben der *Magischen Insel*:

Verrat bei den Wikingern
Der Verdacht des Pharao

THiLO

Die magische Insel

Verrat bei den Wikingern

Loewe

Zu diesem Buch steht eine Lehrerhandreichung zum kostenlosen Download bereit unter: http://www.loewe-verlag.de/paedagogen

FSC
www.fsc.org
MIX
Papier aus verantwortungsvollen Quellen
FSC® C014496

ISBN 978-3-7855-6917-7
1. Auflage 2012 als Loewe-Schulausgabe

Umschlagillustration: Almud Kunert
Umschlaggestaltung: Elke Kohlmann
Printed in Germany

www.loewe-verlag.de

Inhalt

Ein stürmischer Tag

Einar war auf seinem Beobachtungsposten. Gebannt presste er sein neues Fernglas an die Augen. Er hatte es erst letzte Woche zu seinem elften Geburtstag bekommen.

Da! Das Vogelpärchen, das an der Felswand der Steilküste an seinem Horst arbeitete, kam zurück. Beide mit ein paar Zweigen im Schnabel.

„Kolkraben, ich wusste es!“, murmelte Einar.

Er schrieb einige krakelige Worte auf seinen Notizblock.

Odin knurrte. Einar legte ihm beruhigend die Hand auf den Kopf.

Seit vier Jahren lebte Einar nun schon mit seinen Eltern in diesem norwegischen Fjord. Hier gab es nichts außer der wilden Natur. Einar hatte sie mittlerweile genau studiert: seltene Pflanzen, scheue Tiere und natürlich das Meer! Er beobachtete alles, was ihm vor die Nase kam.

Odin knurrte wieder.

Jetzt erst bemerkte Einar, dass es zu nieseln begonnen hatte. Er schlug den Kragen seiner Wachsjacke hoch. Schließlich war er nicht aus Zucker! Aber Odin glaubte anscheinend, dass er aus Zucker war. Als der Regen noch heftiger wurde, sprang er auf und zog an der Jacke seines Herrchens. Einar seufzte.

„Okay, Odin, hab verstanden!“

Ein letztes Mal sah er durch das Fernglas. Auch den Raben hatte das Wetter wohl die Lust am Nestbau verdorben. Direkt über den Köpfen von Einar und Odin drehten sie eine letzte

Runde. Eng aneinandergekuschelt hockten sie sich auf den Felsen und steckten die Schnäbel ins Gefieder.

„Gut, dann machen wir für heute Schluss", sagte Einar. „Vielleicht finden wir ja im Internet noch ein paar Informationen über unsere neuen Freunde."

Gerade wollte Einar zum Haus zurückgehen, als eine einzelne schwarze Feder zu ihm heruntersegelte. Bevor der kräftige Wind sie wieder davonwehen konnte, packte er zu.

„Danke für das Geschenk!", rief er gegen den stärker werdenden Wind an. „Bis morgen dann!"

Einar stapfte den schmalen Pfad entlang, der zum Leuchtturm führte. In früheren Zeiten hatte sein Licht bei Unwettern die Schiffe vor der Küste gewarnt, wusste er. Doch dann wurde ein anderer, moderner Leuchtturm gebaut. Dieser und das kleine weiße Holzhaus daneben standen leer. Bis Einar mit seinen Eltern einzog.

Im Turm hatten seine Eltern ihre Büros untergebracht. Und im zweiten Stock lag sein eigenes Reich: sein „Labor". Um den Schreibtisch herum gab es nämlich noch Platz für ein Mikroskop, den Chemiekasten, allerhand Magnete, Pinzetten, Lupen und natürlich seine Insektensammlung.

Einars Blick fiel auf das Schild neben der roten Tür des Leuchtturmwächterhauses:

Olav Magnusson, Geologe
Stine Magnusson, Forschungsassistentin
Einar Magnusson, Schüler

An der Tür zum Leuchtturm zog Einar seine Gummistiefel aus.

„Da seid ihr ja!", begrüßte sie Einars Mutter. „Ich habe dir schon eine Kanne Tee auf deinen Schreibtisch gestellt!"

Einar schnupperte. Erdbeer-Sahne-Tee, seine Lieblingssorte!

„Bombastisch fantastisch, Mama!", jubelte er. Den Ausdruck benutzte er nur, wenn ihn etwas vollkommen begeisterte. Fröhlich rannte er die Stufen zu seinem Labor empor. Da stand der Tee, mitten auf seinem Schreibtisch!

Einar setzte sich in den abgewetzten braunen Cordsessel. Mit einem Klick fuhr er den Rechner hoch und loggte sich im Internet ein. Odin tänzelte winselnd vor ihm herum.

„Jetzt hab ich dich fast vergessen!“, sagte Einar schuldbewusst. Er zog eine Tüte Leckerlis aus der Schreibtischschublade. Glücklich schnappte sich Odin den Brocken und verzog sich damit in sein Körbchen.

„Was haben wir herausgefunden?“, fragte Einar und warf einen Blick auf seine Notizen. „Kolkraben. Pechschwarzes Gefieder. Schwarzer Schnabel. Etwa adlergroß. Nestbau an steilen Felsen.“

Er legte den Block aus der Hand. „Das ist schon eine ganze Menge. Aber es gibt sicher mehr.“

Auf dem Bildschirm erschien ein Rabe. „Aha, hier! Pass auf!“ Seine Augen überflogen den Text. Wie immer las er Odin vor: „Der Kolkrabe. Er ist besonders neugierig und intelligenter als alle anderen Vögel. Seine Nahrung ist sehr vielseitig: Insekten, Würmer, Fische, Muscheln, Obst und Körner. Bei den alten

Germanen galt er als Götterbote und Symbol der Weisheit.

Guck mal, Odin, jetzt steht hier sogar noch was über dich: Der nordische Gott Odin hatte zwei Raben als Begleiter, Hugin und Munin! Lustige Namen, findest du nicht?“

Einar sah zum Körbchen hinüber. Odin stieg mit Trippelschritten aus seiner Kuscheldecke und lief zur Tür.

„Was ist denn jetzt los?“, wunderte sich Einar. „Musst du etwa schon wieder?“

Dann dämmerte es ihm. „Ah, du willst mich an unseren Fund erinnern!“

Er zog die Rabenfeder aus seiner Jackentasche. Doch der Hund beruhigte sich nicht. Im Gegenteil. Winselnd sprang Odin vor der geschlossenen Tür des Labors auf und ab.

Einar warf einen Blick aus dem Fenster. Dicke Regentropfen schlugen an die Scheibe.

„Vergiss es!“, schnaubte Einar. „Bei dem Wetter jagt man keinen Hund vor die Tür – das solltest du doch wissen!“

Nein, Odin schien es nicht zu wissen. Er tänzelte immer wilder im Kreis.

„Also gut, du hast gewonnen! Aber glaub nicht, dass ich mitkomme. Ich warte im Hausflur auf dich!“

Kaum hatte er die Tür zur Treppe geöffnet, als Odin blitzschnell nach der Feder schnappte und die Stufen hinunterraste.

„Du brauchst die Feder nicht zurückbringen, die Vögel können nichts mehr damit anfangen!“, rief ihm Einar nach.

Als er die Haustür öffnete, wäre er beinahe umgerissen worden, so gewaltig tobte der Sturm.

„Keine Chance, Odin!“, schnaufte er. „Wenn du da rausgehst, kann ich dich morgen in Amerika abholen!“

Doch bevor er die Tür zuwerfen konnte, huschte Odin durch den schmalen Spalt nach draußen. Einar war zu überrascht, um ihn festzuhalten.

„Odin!“, rief er entsetzt. „Bleib hier!“

Doch zum ersten Mal in seinem Leben gehorchte Odin nicht. Schon nach wenigen Sprüngen war er im dichten Gras verschwunden. Einar schluckte. Was sollte er nur tun?

Ein folgenschwerer Unfall

Einar hastete durch das Unwetter. „Odin, wo bist du?“, brüllte er. Es war sinnlos. Der Sturm schluckte jedes Wort. Regen peitschte Einar ins Gesicht. Längst hingen ihm die blonden Haare in die Augen. Ein Blitz zuckte über den Himmel. Stolpernd erreichte Einar die Klippen. Von seinem Hund fehlte jede Spur.

„Oooodin!“ Seine Rufe wurden immer verzweifelter. Odin war sein bester Freund. Ihm durfte einfach nichts zustoßen!

Mit nervösem Blick musterte Einar die Felsen unten am Wasser. Immer wieder wurden sie vom tosenden Meer überrollt. Da! Er glaubte, ein Stück Fell erspäht zu haben.

Einar lief zu der Stelle, an der man an sonnigen Tagen gefahrlos bis ans Meer hinuntersteigen konnte. Jetzt allerdings waren die Felsen klitschnass und rutschig. Er verwünschte seinen überhasteten Aufbruch. Hätte er doch statt der Gummistiefel seine Turnschuhe angezogen!

Schon glitt er aus! Doch er fing sich. Einar atmete tief durch. Du musst vorsichtiger sein, ermahnte er sich. Dann sah er Odin. Ganz verloren hockte sein kleiner Hund auf einem einzelnen Felsen mitten im Wasser! Die nächste Welle konnte ihn ins schäumende Meer spülen!

Einar ließ alle Vorsicht fahren. Unsicher sprang er von Fels zu Fels. Er rutschte aus. Auf allen vieren krabbelte er weiter. Endlich war er am Wasser. War Odin noch da? Einar blickte sich um. Der Fels war leer!

„Ooooooo-din!“ Einar richtete sich auf.

Da sah er sie. Wild schäumend rollte eine riesige Welle auf ihn zu! Groß und breit, wie eine Häuserwand. Die Welle traf ihn mit voller Wucht. Kopfüber klatschte er ins Wasser. Es war eisig kalt. Salzwasser schoss ihm in den Mund. Krampfhaft wirbelte er mit den Armen. Seine Hände griffen ins Leere. Dann spürte er den Sog: Die zurückprallende Welle zog ihn nach unten.

Nicht aufgeben!, durchzuckte es Einar. Nur nicht aufgeben! Mit einem verzweifelten Ruck hob er noch einmal seinen Kopf aus den Wellen.

„Odin – ich wünschte, du wärst bei mir!“ Dann sank er abwärts, tiefer und tiefer. Panische Angst stieg in ihm auf.

Doch plötzlich griffen seine Hände in Sand. Trockenen Sand. Eine schlabberige Zunge leckte ihm quer über die Nase! Zaghaft öffnete Einar die Augen.

„Odin!“, keuchte er. „Was hast du dir nur dabei gedacht?“

Odin bellte. Vergnügt sprang sein Hund um ihn her, die Rabenfeder noch immer in seinem Maul. Der Sturm war vorbei.

„Das Menschlein kommt zu sich!“, krächzte da plötzlich jemand.

Benommen setzte sich Einar auf. Niemand war zu sehen.

„Ja doch, es bewegt sich!“, antwortete eine tiefere Stimme.

Einar wandte sich um. Auf einem großen Stein hockten zwei Raben! Der eine war lang, mit glänzendem Gefieder. Er machte einen vornehmen Eindruck. Sein Nachbar war kleiner, dicker und vor allem ziemlich strubbelig. Aber ... konnte das sein? Hatten sie gesprochen?

„Gestatten!“, krächzte der Lange. „Hugin mein werter Name!“

Der dicke Vogel nickte. „Und ich bin Munin!“

Einar stutzte. Hugin und Munin? Die Namen

kamen ihm bekannt vor. „Moment, ich kenn euch doch! Ja, ihr wart die beiden Gefährten von Odin, dem nordischen Gott!“

Keckernd rieben die beiden Raben ihre Schnäbel aneinander.

„Wir waren nicht nur seine Gefährten, wir *sind* es noch immer!“, bestätigte der Aufgeplusterte. „Du hast unseren Herrn gerufen. Man nennt ihn den Wunscherfüller, wusstest du das auch?“

Doch Einar hörte kaum hin. Er bemerkte plötzlich etwas: Er war auf einer fremden Insel! Eine Insel so nah vor der Küste war ihm noch nie aufgefallen. War er unbemerkt weit ins Meer hinausgetrieben?

„Sieh dich ruhig um!“, krächzte Munin. „Jeder ist verwirrt, wenn er die magische Insel zum ersten Mal betritt.“

Odin kläffte.

„Aber jetzt komm endlich!“, forderte Hugin. „Unser Herr erwartet dich bereits!“

Beinahe gleichzeitig spreizten die beiden Raben ihre Flügel und hoben ab. Odin sprang ihnen freudig kläffend hinterher.

„Gut!“, murmelte Einar verwirrt und klopfte sich Sand von der Jacke.

Magische Insel! Er sah sich um. Die Insel war nicht besonders groß. An einen schmalen Sandstreifen grenzte eine Wiese mit drei Birken. Darunter stand eine kleine, strohgedeckte Hütte.

„Tritt ein, bring Glück herein!“, krächzte Munin.

Zögernd trat Einar auf das Häuschen zu. Er zog die Tür auf. Was er sah, raubte ihm den Atem.

Vor Odins Thron

Einar blinzelte, doch an dem Bild vor ihm änderte sich nichts. Mitten in der düsteren Hütte stand ein steinerner Thron! Ein uralter Mann mit einem langen weißen Bart saß darauf. Auf dem Kopf trug er einen goldenen Helm mit zwei geschmiedeten Flügeln an den Seiten. Und – Einar schnürte es die Kehle zu – die linke Augenhöhle war leer! Das rechte Auge aber glitt unaufhörlich über ein dickes Buch, in das der Alte mit einer Feder schrieb. Einar hatte sein Bild bei der Beschreibung der Raben gesehen – es war ... Odin. Der höchste Gott der Wikinger!

„Entschuldigung!", würgte Einar schließlich hervor.

Ruhig hob der Alte den Kopf und sah Einar mit seinem Auge durchdringend, aber freundlich an.

„Ah, Einar Magnusson, wenn ich nicht irre!“, sagte der Mann mit rauer Stimme. „Schön, dass du da bist!“

Einar nickte schüchtern. Jetzt erst bemerkte er den Wolf, der vor dem Thron lag und die Zähne fletschte!

„Ich bin Odin. Manche nennen mich den Wunscherfüller, andere den Vater der nordischen Götter oder den großen Magier. Vor allem aber bin ich der Herr des Wissens. Hier!“ Mit seinen faltigen Händen deutete er auf das ledergebundene Buch in seinem Schoß. „Im Moment schreibe ich an der Geschichte der Wikinger. Aber selbst Munin, der sich an fast alles erinnert, hat einige Begebenheiten von damals vergessen. Ich brauche für mein Buch also einen Forschungsassistenten. Würdest du für mich in die Zeit der Wikinger reisen?“

Einar klappte der Unterkiefer herunter. „Ich? In die Wikingerzeit? Aber, wie soll das gehen?“

Odin lächelte. „Das Reisen übernimmt die magische Insel für dich. Du musst dich nur entscheiden, ob du den Auftrag annehmen willst!“

„Da fragst du noch?“, sprudelte es aus Einar heraus. Sofort biss er sich auf die Lippe. Doch Odin lächelte noch breiter.

„Sehr gut, sehr gut!“, murmelte er wieder. „Du musst für mich einen Text abschreiben. Vor langer, langer Zeit hat ein Steinmetz das Loblied auf den tapferen Smigur in einen

Findling gemeißelt. Die Worte wollen mir einfach nicht mehr einfallen, aber ich benötige sie dringend für meine Chronik."

Odin drückte auf einen steinernen Knauf an seinem Thron. Wie von Zauberhand öffnete sich eine kleine Schublade. Der Magier holte einen handflächengroßen Steinsplitter heraus, der eng beschrieben war.

„Das ist alles, was ich über den tapferen Smigur noch erfahren konnte. Der zerstörte Stein, aus dem der Splitter herausgebrochen wurde, befindet sich in einem kleinen Dorf in Norwegen. Jahrhundertelang wurde das Lied dort auf dem Mittsommerfest vorgetragen, zu Smigurs und meinen Ehren! Aber ohne diesen Splitter kann niemand mehr seinen Sinn verstehen und das Lied wird nicht mehr gesungen."

Der Magier hielt Einar den Splitter hin. Neugierig betrachtete er ihn. Er hoffte, schon etwas über Smigur lesen zu können. Aber er fand nichts außer zackigen Linien.

„Aber ... da sind ja nur Striche drauf!", stammelte er enttäuscht.

„Das sind Runen!“, verbesserte ihn Odin. „Suche den Runenstein und schreibe das Loblied für mich ab! Im Jahr 970 findet in dem Dorf eine Gerichtsverhandlung statt, die in die Geschichte eingehen wird. Erik der Rote wird verurteilt werden. Ich glaube, das wäre ein guter Zeitpunkt, um den Stein zu suchen. Was denkst du, Einar?“

„Bombastisch fantastisch!“, jubelte Einar. Schnell verbesserte er sich: „Äh, ich meine: ja, natürlich!“

„Gut!“, fuhr Odin fort. „Ich werde dir meine beiden treuen Raben als Begleiter mitgeben.“

Odin stand auf. „Und jetzt entschuldige mich. Ich muss zurück nach Asgard!“

Er schwebte förmlich zur Tür der Hütte hinaus, sein Wolf folgte ihm. Einar stolperte ihm hinterher.

Draußen beugte sich der Magier zum kleinen Odin herunter.

„Ein schönes Wolfskind. Auf welchen Namen hört es?“

Einar schluckte. Musste er jetzt zugeben, dass all das nur ein Missverständnis war?

„Er hat noch keinen Namen“, flunkerte er. „Aber wenn du erlaubst, würde ich ihn gerne Odin nennen!“

Der Magier lächelte wieder. „Sehr gut, sehr gut. Ich sehe schon, du bist ein würdiger Assistent“, sagte er schmunzelnd. Dann war er verschwunden.

Einar rieb sich verwundert die Augen, doch Hütte, Insel und Raben blieben, wo sie waren.

„Und wie kommen wir ins Jahr 970?“, fragte er zaghaft.

„Unser weiser Herr hat deine Zusage vorausgeahnt, Menschlein“, krächzte Hugin. „Wir sind bereits in See gestochen!“

Munin schüttelte den Kopf. „Hör nicht auf sein vornehmes Gekrächze, Einar. Was Hugin sagen will, ist: Die magische Insel ist schon bei den Wikingern angekommen!“

Ankunft bei den Wikingern

Einar wollte los. Er sprang in das kleine Ruderboot, das in der sanften Brandung schaukelte. Doch Hugin flatterte aufgeregt um seinen Kopf. „Nicht so voreilig, Menschlein!“, schimpfte er. „Du bist nicht dem Anlass entsprechend gewandet!“

Munin schüttelte den struppigen Kopf. „Er meint, du sollst dir etwas anderes anziehen. Geh in die Hütte, da findest du alles, was du brauchst – Gummistiefel und Regenjacke waren bei den Wikingern nämlich noch nicht erfunden!“

Einar zögerte kurz, dann stapfte er zur Hütte zurück. Mürrisch stieß er die Tür auf – und fiel beinahe rückwärts um! Während seiner kurzen Abwesenheit hatte sich die Hütte vollkommen verändert. Der wuchtige Thron war weg! Stattdessen baumelte nun eine Hängematte zwischen den Eckpfosten. Neben der Tür entdeckte er außerdem einen hohen Spiegel und einen Schrank. Darin lagen eine einfache Stoffhose und ein Umhang aus ungefärbtem Leinen. Dazu eine Umhängetasche.

Schnell probierte Einar die Sachen an und betrachtete sich stolz im Spiegel. Er sah einfach umwerfend aus!

Er verstaute Odins Steinsplitter behutsam in der Tasche und warf sie sich über die Schulter. Dann verließ er die Hütte, stieg mit den drei Tieren ins Boot und ruderte los.

Verblüfft sah Einar zu, wie sich hinter ihm die magische Insel in immer dichteren Nebel hüllte. Jetzt wurde ihm doch wieder etwas mulmig. Wie gut nur, dass mein kleiner Odin bei mir ist, dachte er. Da knirschte auch schon Kies unter dem Bug – sie waren an Land!

„So ein Mist!“, hörte er jemanden rufen.

Ein langhaariger blonder Junge stürmte an den Strand. Er trug einen Umhang aus dunkelblauem Stoff mit einem dicken Ledergürtel, seine Füße waren nackt. In seinem Zorn bemerkte er Einar, Odin und die Raben gar nicht.

Er schleuderte sein Holzschwert weit von sich ins Meer und ließ sich dann in den Sand fallen.

„So eine Ungerechtigkeit!“, fluchte er wieder.

Einar atmete durch. Jetzt durfte er keinen Fehler machen!

„Was ist ungerecht?“, fragte er so freundlich wie möglich.

Überrascht sprang der Fremde auf die Füße. Bereit zum Boxkampf, hielt er die Fäuste vors Gesicht. „Was geht dich das an, Fremder?“, knurrte er abschätzig.

Statt einer Antwort hob Einar abwehrend die Hände. „Ich will dir nichts tun. Dein kleiner Wutanfall war einfach nur schwer zu überhören.“

Der Junge senkte seine Fäuste. „Nichts ist los. Es war ... nur ein Trick. Um die Vögel zu vertreiben. Ich will Vogeleier sammeln.“

Einar spürte, wie sein Herz vor Freude hüpfte. „Bombastisch fantastisch!“, jubelte er. „Da haben wir ja das gleiche Hobby! Darf ich mitkommen?“

„Aber keinen Mucks!“, wies ihn der Junge zurecht. „Sonst gibt's doch noch Schläge!“

Lange sprach er kein Wort mehr. Dann, am Fuße des höchsten Felsens, griff der Wikingerjunge zwischen zwei Gesteinsbrocken und zog ein langes Seil aus dem Versteck. „Hier am Rabenfelsen gibt es die besten Nester!“, erklärte er.

Gekonnt warf er sein Lasso über eine Felsnase hoch über ihren Köpfen. Schon beim ersten Versuch blieb es hängen.

„Denen werd ich’s schon zeigen!“, schimpfte er noch einmal.

„Und wage es ja nicht, mir zu folgen!“

Dann hangelte er sich wieselflink an der Wand empor.

Einar blickte besorgt zu ihm auf. Der Junge kletterte rasch immer weiter die Wand hinauf. Ab und zu stoppte er. Dann tastete er mit der freien Hand in die Nester und holte die Eier heraus. – Ob er wohl wusste, wo der Runenstein mit dem Loblied zu finden war? Sicherlich wohnte er in dem Dorf oder in der Nähe, wo der Stein angeblich ...

Ein Schrei riss Einar aus seinen Gedanken. Eines der Nester war nicht leer! Ein brauner

Raubvogel flatterte wütend auf. Als er mit gestreckten Krallen auf die Augen des Jungen zuflog, hob der zum Schutz beide Hände.

„Nein!“, brüllte Einar. Doch seine Warnung kam zu spät.

Der Junge stürzte in die Tiefe. Panisch griff er um sich.

Da! Plötzlich schaffte er es, sich an einem Felsvorsprung festzuhalten. Hilflos baumelte er an der nackten Steinwand.

Einar blieb keine Zeit zum Nachdenken. Blitzschnell griff er nach dem Seilende, Sekunden später war er auf der Höhe des Felsvorsprungs.

„Der Felsen ist zu weit weg“, rief Einar. „Ich pendele hin und her, dann nimm meine Hand!“

Einar stieß sich mit beiden Beinen von der Wand ab. Aber sein Arm war zu kurz. Tief unter ihm bellte Odin aufgeregt. Beim zweiten Mal erwischte Einar die ausgestreckte Hand des Jungen. „Halt dich fest!“

Ohne Widerspruch schlang der Wikinger die Arme um Einars Nacken. Einar stöhnte. Die scharfen Fasern des Seils schnitten ihm in die Handflächen. Aber irgendwie schaffte er es, sie beide heil nach unten zu bringen. Keuchend fielen die Jungen in den Sand.

„Danke“, sagte der Junge plötzlich. „Mein Name ist Harald. Und ich finde es schrecklich ungerecht, dass ich noch nicht zum Thing darf. Kennt man das da, wo du herkommst?“

Einar schüttelte den Kopf.

„Das Thing ist ein Treffen, wo wir Wikinger über jeden Streit entscheiden", erklärte Harald. „Nur Männer dürfen daran teilnehmen – und ich bin erst dreizehn! Dabei wird es morgen richtig spannend." Er kraulte Odins Kopf. „Der Rote Erik hat einen Mann erschlagen. Wahrscheinlich wird er für friedlos erklärt, er hat dann keine Rechte mehr. Jeder darf ihm ungestraft etwas tun. Dabei ist er eigentlich kein schlechter Mensch ..."

Einar schluckte. Ein Mörder, der eigentlich kein schlechter Mensch ist ...

„Dabei möchte ich doch endlich ein Mann sein, auf einem Drachenboot fahren und einen richtigen Blutzweig besitzen!"

„Blutzweig?", wunderte sich Einar.

„Na, ein Schwert!" Harald humpelte ein paar Schritte vorwärts. „Aber jetzt erzähl mir, wo du herkommst! Ich hab dich hier noch nie gesehen."

„Gleich!", entgegnete Einar. „Vorher habe ich noch eine Bitte. Die Rabeneier da! Darf ich die haben?"

Harald nickte. „Klar! Ohne dich wären sie längst Matsch!"

Einar nahm die Eier und legte sie behutsam ins Gras. „Ich kenne jemanden, der sie ins Nest zurückbringen wird!"

Von ferne hörte er Hugin und Munin dankbar krächzen.

Ein unerfreuliches Treffen

„Ich muss jetzt heim“, sagte Harald. „Meine Mutter hat gekocht. Magst du mitkommen?“ Einar musste nicht lange überlegen: Natürlich wollte er mit. Sein Magen knurrte!

Über Trampelpfade stiegen sie einen grasbewachsenen Hügel hinauf. Odin folgte ihnen in kurzem Abstand. Als sie oben waren, hatte Einar das ganze Dorf im Blick. Er zählte ungefähr 30 Häuser. Manche waren klein und quadratisch, andere sehr lang. Das Stroh der Dächer reichte fast bis auf den Boden. Aus den Dachluken kräuselte sich Rauch.

„Bombastisch fantastisch!“, murmelte er tief beeindruckt.

„Woher kommst du eigentlich?“, fragte Harald. „Wenn du kein Thing und keinen Blutzweig kennst?“

„Von weit weg“, antwortete Einar einfach.

„Ich bin der Assistent, äh, der Schüler eines großen Magiers. Für ihn soll ich hier nach einem Runenstein suchen. Seine beiden Raben helfen mir dabei!"

Harald staunte. „Zwei Raben? Wie bei Odin! – Aber Runensteine haben wir hier viele!"

„Ich suche einen ganz bestimmten!", erklärte Einar. „Dieser Splitter hier ist herausgebrochen und die Inschrift ergibt jetzt keinen Sinn mehr!"

Während sie von dem Pfad auf einen Kiesweg einbogen, zog Einar den Stein aus seinem Beutel. Doch Harald sah den Splitter kaum an. „Nein, so einen Stein kenne ich nicht", meinte er knapp.

Einar wunderte sich, warum Harald plötzlich so einsilbig war. Hatte das etwas mit dem

Jungen zu tun, der wie aus dem Nichts zwischen den ersten beiden Häusern aufgetaucht war? Über einer roten Tunika trug er einen breiten Gürtel, an dem eine Schwertscheide baumelte. Die dazugehörige Waffe hielt er in den Händen. Er betrachtete sie fasziniert, als sähe er sie zum ersten Mal.

„Das ist Ingvar, der größte Fiesling hier im Dorf", zischte Harald Einar zu. „Seit er vierzehn ist und einen eigenen Blutzweig tragen darf, ist er noch unausstehlicher geworden."

Einar blieb stehen. „Dann lass uns doch einen Umweg nehmen", schlug er vor. Doch Harald ging sogar noch schneller.

Hugin landete neben ihm. „Du musst noch viel über den Stolz der Wikinger lernen, Menschlein! Nichts ist schlimmer für sie, als dazustehen wie ein Skräling, ein Feigling!"

„Gut zu wissen", murmelte Einar und rannte hinter Harald her. Ein Feigling wollte er auch nicht sein!

Ingvar versperrte ihnen breitbeinig den Weg. „Nicht so eilig, Skräling!", schnaufte er verächtlich. „Was will der Fremde im Dorf?"

„Das geht dich gar nichts an, Ingvar!", fauchte Harald zurück. „Gib den Weg frei oder du landest in den Dornen!"

Ingvar zog die Nase hoch, dann trat er unvermutet gegen Einars Hand. Ein stechender Schmerz durchzuckte Einar. Und was noch schlimmer war: Er ließ Odins Steinsplitter los! Im hohen Bogen sauste der durch die Luft. Einar griff danach, aber Ingvar war schneller.

„Sieht aus, als hätte dein feiger Freund einen Runenstein zerstört", schnarrte Ingvar. „Das wird dem Runenmeister aber gar nicht gefallen!"

Harald hob die Fäuste. „Der Stein ist nicht von hier! Und jetzt gib ihn zurück, sonst kannst du die hier schmecken!"

Ingvar warf den Splitter vor Einar in den Kies. Einar wollte sich auf ihn stürzen, doch Harald hielt ihn davon ab.

„Vor dir kriechen wir nicht im Dreck, Ingvar!", brüllte er.

„Das werden wir ja sehen", antwortete der Junge ruhig. Mit einer plötzlichen Bewegung legte Ingvar sein Schwert an Einars Kehle.

„Runter mit dir, Fremder! Wird's bald!"

Einar spürte, wie seine Knie butterweich wurden. Ihm blieb nur eine einzige Möglichkeit, sich zu wehren! Er pfiff durch die Zähne.

Da! Wie ein Pfeil schoss Odin hinter einer Mauer hervor. Ein Satz, und er war bei dem Jungen, der sein Herrchen bedrohte. Mit seinen spitzen Zähnen zwickte er ihn in den Arm.

„Au, verflixtes Vieh!", brüllte Ingvar erschrocken. Vor Überraschung ließ er sein Schwert sinken.

Diesen Moment nutzte Harald aus. Mit einem

Fausthieb schlug er dem Fiesling das Schwert aus der Hand.

Einar taumelte zur Seite. Benommen sah er zu, wie die beiden Wikinger miteinander rangen.

Mit beiden Händen drückte Harald den Rothaarigen zu Boden. Aber in diesem Moment bekam Ingvar seine rechte Hand frei. Ein grober Faustschlag in Haralds Magen verschaffte ihm Luft.

„Das üben die jetzt schon, seit sie drei Jahre alt sind!“, kommentierte Munin.

Hugin wackelte mit dem Schnabel. „Mein

Bruder sagt die Wahrheit! Ringen, Schwertkampf, Wettrennen – alles, was aus Jungen echte Krieger macht!“

Einar hörte kaum zu. Seine Daumen schmerzten schon, so sehr drückte er sie für Harald. Aber es schien sich auszuzahlen. Harald wälzte Ingvar auf den Rücken und drückte ihm die Knie in die Armbeugen.

„Wie ein Käfer liegt er da!“, krächzte Munin. „Man könnte Appetit bekommen!“

„Hört auf mit dem Quatsch!“, zischte Einar. „Das hier ist verdammt ernst!“

Harald gab Ingvar eine schallende Ohrfeige. „Wer ist hier ein Skräling?“, rief er triumphierend.

„Harald, lass ihn doch!“, bat Einar. Für ihn war der Kampf entschieden. Einen Verlierer zu schlagen kam ihm unfair vor. Doch die ungeschriebenen Gesetze der Wikinger schienen anders zu lauten.

Nach der dritten Ohrfeige presste Ingvar ein „Ich!“ zwischen den Zähnen hervor. Harald ließ sofort von ihm ab.

Ingvar rappelte sich auf und nahm sein

Schwert. Ohne sich noch einmal umzusehen, rannte er über die Felder davon.

Harald stand auf und klopfte sich die Kleider ab.

„Der will ein Mann sein!“, grummelte er.

„Danke, dass du mich verteidigt hast“, sagte Einar. „Aber musstest du Ingvar gleich so demütigen? Diese Schmach wird er nicht auf sich sitzen lassen.“

„Ach, was!“, antwortete Harald lachend. „Der ist doch schon dran gewöhnt, dass ich stärker bin!“

Wenn er sich da mal nicht irrt, dachte Einar.

Haralds Vater

„Dein Wolfskind ist sehr mutig“, lobte Harald, als die beiden Jungen das Dorf betraten. „Welchen Namen hast du ihm gegeben?“

Einar drückte Odin an seine Brust und streichelte ihn.

„Ich habe ihn Odin genannt!“, antwortete er stolz.

„So tapfere Gäste sind hier stets willkommen!“, sagte Harald. „Es ist das größte Dorf weit und breit. Über einhundertzwanzig Menschen leben hier und fast achtzig Sklaven!“

Neugierig schaute sich Einar alles ganz genau an. Plötzlich wankte der Boden. Ein großer blonder Wikinger kam ihnen auf dem Holzbalkenweg entgegen. Quer über die Wange des Mannes lief eine wulstige Narbe. Zu Einars Erleichterung begrüßte der große Mann ihn und Harald freundlich. Das ist also meine erste Begegnung mit einem richtigen erwachsenen Wikinger, schoss es Einar durch den Kopf.

Dann trat direkt vor ihnen eine wunderschöne Frau aus einer Tür. Einar starrte sie mit offenem Mund an. Ihre langen Haare hatte sie mit Lederbändern zu zwei Zöpfen gebunden. Über einem dunkelblauen Leinenkleid trug sie ein kürzeres hellblaues Gewand mit Trägern. Zwei Broschen aus Bronze hielten es unterhalb der Schultern zusammen. Aus hellblauen Augen sah sie die beiden Freunde an.

„Mund zu, es zieht!“, sagte sie kichernd.

Einar spürte, wie ihm das Blut in den Kopf schoss.

Jetzt lachte auch Harald. „Beim Anblick der schönen Vigtis haben schon kräftigere Krieger weiche Knie bekommen!“

Einar war trotzdem froh, als sie an Haralds Haus ankamen. „Hier ist die Werkstatt meines Vaters“, erklärte Harald. „Er ist der Schmied des Dorfes, jeder mag ihn!“

Lautes, gleichmäßiges Hämmern drang aus der Hütte.

„Vater? Ich habe einen neuen Freund mitgebracht“, rief Harald durch die Türöffnung. „Dürfen wir dich stören?“

„Sicher, Sohn! Kommt herein!“, drang eine tiefe Stimme nach draußen.

Sofort stieg Harald über die Türschwelle nach innen. Einar folgte zögernd. Große Hitze schlug ihm entgegen.

Hinter einem Amboss stand ein riesiger blonder Mann mit einem ebenso blonden Vollbart. Seine Arme waren nackt und von unzähligen Brandnarben übersät.

„Ich bin Jörgen, Sohn von Harald und Vater von Harald!“, sagte der Schmied freundlich.

Einar blickte verwirrt zu seinem Freund.

„Lass dich nicht verwirren“, sagte Harald grinsend. „Ich bin nach meinem Großvater benannt worden!“

Einar verstand. „Ich bin Einar, Sohn von Olav!“, antwortete er. „Vater bin ich noch nicht!“

Jörgen lachte schallend. Einar fühlte sich gleich besser.

„Und sein Wolfskind heißt Odin!“, plapperte Harald dazwischen. „Er hat Ingvar gebissen!“

Jörgen nickte anerkennend und streichelte Odin zärtlich. Der Hund verschwand beinahe in der riesigen Pranke.

„Ich hoffe, du hast dir an dem Mistkerl nicht den Magen verdorben, kleiner Odin!“, sagte er lachend. Dann zeigte er voller Stolz zum Amboss, auf ein blitzendes Schwert.

„Na, was sagt ihr? Fast fertig! Ein fabelhafter neuer Kampfsturmfisch!“

„Ich dachte, es heißt Blutzweig?“, wunderte sich Einar.

„Richtig!“ Harald nickte. „Oder Schildtroll, Mühlsteinbeißer, Kampfsturmfisch – wir Wikinger spielen gerne mit Worten.“

Einar betrachtete staunend das blanke

Schwert. Um den Griff wanden sich zwei goldene Bänder und verzweigten sich in regelmäßige Muster. Einar konnte kaum glauben, dass dieses Kunstwerk unter Jörgens groben Schmiedewerkzeugen entstanden sein sollte.

„Thor persönlich muss meinen Hammer geführt haben!“, stellte Jörgen zufrieden fest.

„Ist es ... für mich?“, fragte Harald zögerlich.

„Nein, mein Sohn. Nur Männer tragen Kampfsturmfische. Dieses Stück hier hat der Rote Erik in Auftrag gegeben.“

Beleidigt wandte Harald sich ab. „Das ist ungerecht. Alle dürfen Schwerter haben. Sogar Ingvar, dieser Skräling. Nur ich nicht!“ Wütend schlug er mit der Faust auf eine Kiste. Kaum hatte er sie berührt, als Jörgens Streitaxt quer durch die Werkstatt sauste. Krachend drang die Klinge in den Holzdeckel, nur Millimeter von Haralds Fingern entfernt.

„Niemals rührst du diese Truhe an, Sohn!“, fauchte er.

Odins Stein ist magisch

„Kommt, wir gehen essen!“, schlug Jörgen vor. Sein Unmut war von einem Moment auf den nächsten verflogen. Vor dem Eingang des Hauses hing eine dicke Filzdecke. Vermutlich sollte sie Wind und Kälte abhalten. Harald schob sie zur Seite und zog Einar ins Innere. Beißender Qualm schlug ihnen entgegen.

Als Einar die Augen endlich ohne Schmerzen aufhalten konnte, sah er mitten im Raum eine rot gekleidete Frau. Mit einem langen Stab stocherte sie in der Glut einer Feuerstelle. Daher kam also der Qualm! Über dem Feuer baumelte ein bauchiger Kupferkessel. Neugierig blickte Einar um sich. Fast wäre er über drei kleine Mädchen gestolpert, die im Eingang miteinander spielten.

„Das sind meine Schwestern Brunhilde, Thorve und Stine“, erklärte Harald. Einar nickte ihnen freundlich zu. Aber warum war es hier so dunkel? Jetzt erst fiel ihm auf, dass es außer der verhängten Tür keine Öffnung in den Wänden gab.

„Habt ihr gar keine Fenster?“, fragte er verblüfft. „Löcher in den Wänden, zum Hinausschauen?“

„Nein, wozu soll das gut sein?“, wunderte sich Harald. „Dann zieht doch die ganze Wärme nach draußen!“

Er griff Einars Hand und zog ihn zum Herd.

„Mama, das ist Einar, Olavs Sohn!“, sagte er. Gudrun wischte sich die rußigen Finger an ihrer Schürze ab.

„Willkommen, Einar, Sohn des Olav. Woher kommst du?“ Einar wusste nicht, was er sagen sollte.

„Ich komme von weit her und will noch weiter in den Norden“, begann er unsicher.

„Harald wird auch in die Fremde gehen, sobald er ein Mann ist“, unterbrach ihn Jörgen. „Am liebsten wäre Gudrun und mir, er würde mit einem Schiff auf Erkundungsfahrt gehen!“

Haralds Augen blitzten stolz auf.

„Aber nun habe ich Hunger!“, polterte Jörgen. Genießerisch sog er den Duft ein. „Mmmmh! Kohl mit Zwiebeln! Und dazu einen Schluck Met von Haralds Bienen!“

Er öffnete ein kleines Holzfass und tunkte seinen Krug hinein. „Der beste Honigwein des Dorfes – nur für Männer!“

„Ja, ja!“, knurrte Harald genervt. „Langsam wissen wir, dass ich für euch immer noch ein Kind bin!“

Einar musste grinsen. Jörgen konnte es nicht lassen, seinen Sohn aufzuziehen. Und Harald fiel immer wieder darauf herein!

Einar setzte sich auf eine rohe Holzbank. Stine, Brunhilde und die kleine Thorve nahmen gegenüber Platz. Fröhlich warfen sie Odin einen Knochen hin. Gudrun füllte sieben Schalen mit Gemüse, Jörgen holte mit bloßen Händen einen dampfenden Fisch aus der Glut. Feuer schien ihm nach Jahrzehnten in der Schmiede nichts mehr anhaben zu können.

„Fangt an!“, bat Gudrun.

Einar nickte dankbar – aber wo war das Besteck? Er wollte keinen Fehler machen und beobachtete die anderen.

Alle nahmen ihr Essen einfach in die Hand und bissen ab. So ging das also! Jetzt griff auch Einar zu. Es schmeckte alles köstlich!

„Einar sucht einen zerstörten Runenstein, Vater“, erzählte Harald schmatzend. „Kennst du ihn?“

Einar legte den Steinsplitter auf den Tisch, aber Jörgen schüttelte nach einem Blick darauf den Kopf. Wieder nichts!, dachte Einar. Trotzdem wollte er die Hoffnung nicht aufgeben.

„Es ist ein besonderer Stein“, erklärte er.

„Seine Inschrift ist das Loblied auf den tapferen Smigur."

Entgeistert ließ Jörgen sein Brot sinken. „Sagtest du Smigur? – Den kenne ich tatsächlich!" Der Schmied schüttelte ungläubig den Kopf. „Als kleiner Junge hat mich mein Vater immer zu einem solchen Stein mitgenommen und mir das Lied vorgesungen."

Jörgen nahm den Splitter in die Hand und betrachtete ihn genauer. „Seltsam. Dem Stein fehlte in der Tat ein faustgroßes Stück wie dieses hier. Manchmal, wenn der volle Mond am Himmel stand, sind wir zu dem Stein gegangen. Vater Harald sagte, mit dem Loblied auf den tapferen Smigur könne man Odin milde stimmen." Wieder schüttelte er den Kopf. „Nach einem furchtbaren Unwetter war der Stein auf einmal verschwunden. Seltsam, wie konnte ich das nur vergessen?"

Vergessen? Einar spürte seine Hoffnung wieder schwinden. „Hast du ihn nie gesucht?", fragte er aufgeregt nach.

Jörgen schüttelte den Kopf. Dann schloss er konzentriert die Augen.

„Nein, tut mir leid! Ich sehe nur eine Wegkreuzung vor der Stadt. Mehr weiß ich nicht mehr ..."

„Schade", murmelte Harald.

In die Stille hinein sprang Odin plötzlich auf und rannte bellend zur Tür.

„Odin? Was ist los?", rief Einar. Beschämt rutschte er von der Bank und lief ihm hinterher. Odin knurrte aufgeregt den Vorhang an.

Rasch schob Einar die Decke zur Seite. Jetzt wusste er, warum Odin so unruhig war: Hinter dem Nachbarhaus verschwand eine Gestalt.

„Das war Ingvar!", rief er entsetzt. „Er hat gelauscht!"

Harald schlug mit der flachen Hand auf den Tisch. „Das sieht diesem Skräling ähnlich!"

Auch Jörgens gute Laune war auf einen Schlag verflogen. „Gut, dass wir nicht über das Thing geredet haben", knurrte er und stand auf. Der Schmied leerte seinen Humpen in einem Zug. Grußlos stapfte er zur Tür hinaus.

Verwirrt kehrte Einar an den Tisch zurück. „Was hat er denn plötzlich?“, wollte er wissen. Harald wich seinem Blick aus, aber Gudrun nickte ihrem Sohn aufmunternd zu. Harald seufzte.

„Ich habe dir etwas verschwiegen, Einar. Mein Vater steckt in großen Schwierigkeiten!“

Menschen und Götter

Schwierigkeiten? Einar war überrascht. Welche Schwierigkeiten konnte ein so kräftiger Wikinger wie Jörgen wohl haben?

„Jetzt sag endlich, was los ist!", bohrte er, nachdem sie das Haus verlassen hatten.

Harald trat wütend gegen die Hauswand. „Ingvar ist schuld und sein Meister Bjarne", giftete er. „Sie haben Gudruns schönste Brosche gestohlen. Keiner hat die Diebe gesehen, aber wir wissen einfach, dass die zwei es waren!"

Einar schüttelte verwundert den Kopf.

„Und wo ist dann Jörgens Problem?", fragte er nach.

Harald sah geknickt zu Boden. „Mein Vater war unklug", gestand er ein. „Voller Wut ist er direkt zu Bjarne gerannt und hat ihn geohrfeigt. Mitten auf dem Fest unseres Sippenführers! Bjarne hat alles abgestritten und wurde furchtbar zornig. Er sagt, mein Vater habe seine Ehre verletzt. Und deswegen will er Jörgen morgen vor dem Thing anklagen."

Das war es also! Nach allem, was Einar über das Thing und die Strafen wusste, verstand er Jörgens Sorgen nur zu gut.

Zwei flatternde Schatten an der Hauswand verjagten die finsteren Gedanken. Hugin und Munin landeten krächzend auf dem Fischgestell. Odin begrüßte sie mit einem freundlichen Kläffen.

„Habt ihr schon etwas über den Stein herausgefunden, Menschlein?", erkundigte sich Hugin.

„Gefunden haben wir ihn noch nicht", berichtete Harald ehrlich. „Aber mein Vater kann sich an den Stein erinnern. Er muss irgendwo vor dem Dorf verschüttet worden sein."

„Ich hab's!", rief Einar plötzlich. Die Lösung lag doch auf der Hand! „Wir fragen den alten Harald!"

Der Wikingerjunge schüttelte den Kopf. „Er ist in Walhall. Wir sind sehr stolz auf ihn!"

„Mist!“ Einar schlug mit der Faust in die flache Hand. „Dann haben wir wohl keine Chance, den Stein zu finden?“

„Warum nicht?“, widersprach ihm Harald. „Es gibt hier nur drei Wegkreuzungen. Die klappern wir einfach nacheinander ab. Mir nach!“

Hinter dem Dorf schlugen sie den Weg Richtung Meer ein.

„Wo liegt denn Walhall?“, fragte Einar in die Stille.

Harald blieb stehen. Mit großen Augen sah er Einar an. Dann brach er in schallendes Gelächter aus.

„Da, wo du herkommst, seid ihr wohl schon lange Christen, was?“, wunderte er sich. „Walhall ist kein Dorf! Es ist der Ort, an den die Krieger kommen, die im Kampf sterben.“

Vor einem mannshohen Runenstein blieben sie stehen. Staunend glitten Einars Augen darüber. Der Findling war über und über mit Zeichnungen versehen, um seinen Rand schlängelten sich Runen.

„Unser Götterstein“, erklärte Harald.

„Scheint, als sei er extra für Unwissende wie dich hier aufgestellt worden."

Er fuhr mit der Hand über eine Gestalt, die die anderen um zwei Köpfe überragte.

„Das ist der Urriese Ymir", begann Harald. „Er entstand, als sich Gletschereis und Feuer vermischten. Aus seinem Schweiß, den er im Schlaf verlor, wurden die ersten Riesen. Deren Urenkel waren die Götter Ve, Vili und Odin. Sie töteten Ymir und bauten aus seinem Körper die Welt. Schließlich hauchten sie zwei Baumstämmen Leben ein – das erste Menschenpaar war geboren. Soweit noch alles klar?“

Einar schwirrte der Kopf von all den Namen, aber er glaubte zu verstehen. Er nickte.

Haralds Hand zog weiter, zu einem bärtigen Mann mit nur einem Auge. Auf seiner Schulter saßen zwei Raben.

„Das ist Odin, nicht wahr?“, vergewisserte sich Einar.

Harald nickte. „Genau! Odin, der Vorsitzende im Götterrat. Sein linkes Auge hat er geopfert, um einen Blick in den Quell der Weisheit zu werfen. Seitdem weiß er fast alles. Und das hier ist Thor!“

Harald zeigte auf einen Mann in einem Streitwagen, der einen riesigen Hammer schwang. Zwei Ziegenböcke zogen den Wagen.

„Sie wohnen in Asgard, dem Sitz der Götter. Dort werden auch die getöteten Helden aufgenommen, wie mein Großvater Harald. Odin sammelt sie um sich, denn am Tag des Weltuntergangs, dem Ragnarök, sollen sie ihm helfen. Sie werden gegen die rachsüchtigen Riesen kämpfen – und verlieren. So will es unser Schicksal!“

Beeindruckt starrte Einar den Stein an. „Und das steht alles da in diesen Strichen?“, fragte er.

„Ja“, antwortete Harald und machte plötzlich kehrt. „Aber jetzt lass uns zur nächsten Kreuzung laufen. Hier ist dein Runenstein ja wohl nicht. Komm!“

Langsam schlenderten sie weiter. Plötzlich schlug Odin an.

„Stopp!“, warnte Einar. „Irgendwas stimmt hier nicht. Odin gibt nie falschen Alarm. Wo, sagst du, ist die Kreuzung?“

Harald zeigte den Weg entlang. „Gleich hinter dem Dornengestrüpp.“

„Dann schleichen wir uns besser an“, beschloss Einar.

Vorsichtig bog er die stacheligen Äste zur Seite. Er zuckte zusammen.

„Verdammt!“, fluchte er. „Da ist Ingvar!“

Schadenfreude

Es gab keinen Zweifel: Ingvar suchte den Runenstein! Kaum zehn Meter entfernt durchwühlte er mit einer Mistgabel die Erde. Ein erwachsener Mann war bei ihm. Immer wieder schlug seine schwere Hacke in den Boden und riss tiefe Löcher.

„Auch das noch!“, schimpfte Harald leise. „Das ist Bjarne, dieser miese Verbrecher!“

Einar war erschüttert. Die beiden Wikinger waren ihnen zuvorgekommen. Aber was wollten sie bloß mit dem Stein?

Ein Geräusch ließ Einar zusammenzucken – Hugin und Munin, seine Freunde!

Hugin starrte in Richtung der grabenden Wikinger und schwieg. Munin jedoch begann, leise zu kichern.

„Hihi. Grabt nur, grabt, ihr Dösköppe!“, krächzte er.

Einar fuhr herum. „Spinnst du?", fauchte er den Raben an. „Sollen die beiden Fieslinge Odins Stein etwa vor uns finden?"

Munin kratzte sich mit dem Schnabel das struppige Gefieder. „Natürlich nicht! Nur gut, dass sie hier graben! An der falschen Kreuzung. Soweit ich mich erinnere, stand der Stein nicht im Osten der Stadt, sondern im Süden! Hihi!"

Einar sprang auf. „Und das sagst du erst jetzt?"

Auch Harald war sauer. „Wir begeben uns hier völlig umsonst in Gefahr und du weißt, wo wir eigentlich suchen müssen?", grollte er.

„'tschuldigung!", nuschelte Munin. „Fiel mir gerade erst wieder ein ... Soll ich euch die richtige Stelle zeigen?"

„Natürlich!", zischte Einar froh.

Sofort stieß sich der Rabe vom Boden ab. „Na dann, los! Folgt mir!", krächzte er.

„Aber denk dran, dass Menschlein und Hunde nicht fliegen können!", rief ihm Einar nach.

Sofort rannten sie los.

„Ich würde zu gerne Ingvars dummes Gesicht sehen, wenn er heute Abend mit der Plackerei aufhört!“, feixte Harald.

Bei dem Gedanken, wie Ingvar die Hacke wütend ins Korn schmiss, musste auch Einar laut auflachen. „Wieso heute Abend erst?“, rief er grinsend. „Sicher hat er jetzt schon dicke Blasen an den Händen!“

Es machte Einar Spaß, sich ihren kleinen Sieg über Bjarne und Ingvar in den buntesten Farben auszumalen.

Als ihm langsam die Puste ausging, blieb er keuchend stehen. Seine Lungen rasselten bei jedem Atemzug.

„Hugin, Munin! Etwas langsamer, bitte!“, rief er den beiden Raben zu. „Sonst habe ich keine Kraft mehr, das Loblied abzuschreiben!“

Was wollten Bjarne und Ingvar bloß mit dem Stein?, schoss es ihm wieder durch den Kopf.

„Wer ist dieser Bjarne eigentlich?“, erkundigte er sich, während sie langsamer weitergingen.

„Tsssä!“ Harald machte ein Gesicht, als hätte er in eine überreife Zitrone gebissen. „Eigentlich ist er ein Zimmermann. Aber niemand hat ihn je arbeiten sehen. Seine Faulheit beleidigt nicht nur die Götter." Angewidert spuckte Harald aus. „Odin hat ihm zwei Hände gegeben. Warum benutzt er sie nicht?"

„Hände benutzen? Eine gute Idee!", krächzte Munin. Etwas holprig landete er direkt vor ihnen auf einer Wegkreuzung. „Wir sind nämlich da!"

Mit dem Schnabel begann er sofort, in einem moosüberzogenen Geröllhaufen am Wegesrand herumzustochern. Hugin scharrte flüchtig mit den Krallen über ein Grasstück. Für richtige Arbeit war er sich offenbar zu fein.

„Und wo ist nun der Runenstein?", wollte Einar wissen. Er sah nichts als Acker und Geröll.

Munin rollte belustigt mit den Augen. „Wo soll er schon sein, Einar? Genau hier unter mir!"

Ein Geständnis

Einar spürte vom großen Zeh bis in die Haarspitzen ein Kribbeln. Sie waren kurz davor, den Stein zu finden! Er würde Odin nicht enttäuschen.

„Komm!“, rief er zu Harald hinüber. „Das haben wir gleich!“

Er kletterte auf den Geröllhaufen und umgriff einen schweren Stein. Harald drückte von der anderen Seite. Endlich kam der Brocken ins Rutschen. Er riss ein großes Moospolster mit sich. Zum Vorschein kam eine Menge anderer Steine. Alle halfen mit. Odin stupste mit der Schnauze kleine Steine und Grasbüschel auf die Wiese. Selbst Hugin schien jetzt Spaß an der Suche zu haben. Mit seinem Schnabel pickte er fleißig Kiesel um Kiesel auf und ließ sie über dem Feld fallen.

Und dann – plötzlich – stießen die Jungen

auf eine massive Platte. Harald entdeckte die eingeritzten Zeichen als Erster.

„Der Runenstein!“, rief er begeistert.

Er riss eine Handvoll Grashalme aus und fegte damit über die glatte Fläche. Staunend sah Einar, wie ein Zeichen nach dem anderen unter dem Schmutz hervorkam. Gerade und zackige Linien, wie auf seinem Splitter.

Aufgeregt kramte er den Splitter aus seiner Leinentasche. „Sieh nach, ob du die abgebrochene Stelle findest!“

Eifrig wischte Harald weiter. „Hier!“, rief er plötzlich. „Hier fehlt eine Ecke!“

Mit zittrigen Fingern legte Einar den Splitter

in das Loch der Platte. Wie ein Schlüssel im Schloss rastete er ein.

„Er passt! Er passt", jubelte Einar begeistert. „Bombastisch fantastisch!"

Harald fiel ihm um den Hals. „Du hast es geschafft!", jauchzte er.

Einar schüttelte den Kopf. „Nein, wir haben es geschafft. Wir fünf zusammen!"

Überglücklich grinsten sie sich an. Odin kläffte fröhlich. Es war ein tolles Gefühl!

„Jetzt will ich aber endlich wissen, was da draufsteht!", sagte Einar. „Was hat dieser Smigur genau gemacht, Harald?"

Augenblicklich senkte Harald den Kopf. „Weiß nicht!", murmelte er geknickt. „Ich kann keine Runen lesen!"

„Du kannst nicht lesen?", wunderte sich Einar. „Gehst du denn nicht in die Schule?"

„Schule? Was ist das?", wollte Harald wissen.

„Jetzt veräppelst du mich aber", glaubte Einar. „Alle Kinder gehen doch in die Schule. Dort erklärt ihnen ein Lehrer, wie man zählt und liest und schreibt!"

Harald schüttelte den Kopf. „So was gibt's bei uns nicht. Nur die reichsten Männer aus dem Dorf können einen Lehrer bezahlen. Aber so viel Geld hat mein Vater nicht."

Einar hörte erstaunt zu. Wie oft hatte er die Schule schon verflucht, wenn er eine Klassenarbeit verhauen hatte. Nun kam sie ihm ziemlich wertvoll vor.

„Aber wenn hier niemand lesen kann, dann brauchst du dich doch auch nicht zu schämen!" Einar legte den Arm um Harald.

„Mir hat Odin übrigens alle Zeichen beigebracht!", krächzte Hugin eitel. „Wenn man mich fragen würde, würde ich verraten, dass der Text tatsächlich von Smigur handelt!"

Begeistert klatschte Einar in die Hände. „Mensch, Hugin! Natürlich kannst du lesen, du kluger Rabe! Sing uns das Loblied vor!"

Flügelschlagend kletterte Hugin auf den Runenstein. Wie ein Dichter hüstelte er.

„Also, hier steht Ssssmmiiig-ur. SMIGUR. Und dort: t-ta-tapf-pfer. Tapfer. Und da ..." Mit dem Schnabel kratzte er den Dreck aus den Rillen. „Und da ... Hach, die anderen Runen

sind so unsauber geschrieben, die kann ich nicht lesen!“

Schade, dachte Einar. Aber mein Auftrag ist ja nur, die Zeichen abzumalen.

Doch plötzlich hatte Harald eine Idee: „Der Runenmeister kann es uns doch vorlesen. Zum Thing ist er immer im Dorf!“

Begeistert stimmte Einar zu. „Wir machen es so“, schlug er vor, „du suchst den Runenmeister und ich besorge Papier und einen Stift, äh, also Farbe. Dann kann ich den Text abschreiben!“

„So machen wir's. Bis später!“, rief Harald und rannte schon zum Dorf zurück.

„Odin und ich gehen jetzt zur magischen Insel“, bestimmte Einar, als sein Freund im Wald verschwunden war. „Hugin, Munin! Ihr bleibt als Wächter beim Stein. Sobald Bjarne oder Ingvar dort auftauchen, gebt ihr uns Bescheid!“

Kopfnickend flatterten die Raben auf einen Baum.

Einar ging schweigend zum Ufer. Odin rannte in Kreisen munter um ihn her. Doch auf einmal blieb er schwanzwedelnd stehen und kläffte. Im gleichen Augenblick landete Munin vor ihnen im Gras. Der Rabe war völlig außer Atem.

Alles, was er herausbrachte, war: „Du musst kommen! Schnell! Sie graben den Stein aus!“

Ausgetrickst!

Einar rannte, so schnell er konnte.

„Kaum wart ihr weg, da sind sie aufgetaucht!“, krächzte der Rabe. „Aber nicht allein. Ein Pferd haben sie mitgebracht! Hugin wollte es wild machen. Dafür hätte ihn beinahe Ingvars Stein erschlagen. Diese Fieslinge!“

Einar hörte ihm kaum zu. In seinem Inneren brodelte es. Wie hatten sie nur so leichtsinnig sein können? Natürlich waren auch Ingvar und Bjarne auf die Idee gekommen, dass es noch andere Wegkreuzungen gab. Nun machten sie sich an Odins Runenstein zu schaffen!

Harald traf beinahe zeitgleich mit Einar an der Kreuzung ein. Wo vorhin noch der Runenstein gelegen hatte, klaffte nun ein großes Loch.

„Verdammt!“, fluchte Harald. „Wir kommen zu spät!“

„Sie haben ihn ganz ausgegraben und mitgenommen!“, ereiferte sich Hugin.

Einar atmete tief durch. Mit zusammengekniffenen Augen studierte er das Erdloch. Eine tiefe Furche führte von der Stelle weg. Was das bedeutete, lag auf der Hand.

„Selbst für zwei Wikinger ist der Stein zu schwer. Sie haben das Pferd davorgebunden. Los, hinterher!“

Die Schleifspuren waren nicht zu übersehen. Ohne Rücksicht auf die Ernte hatten Bjarne und Ingvar den Stein einfach quer durch ein Roggenfeld gezogen. Die Jungen brauchten nur den abgeknickten Halmen zu folgen.

Hinter dem Feld wurde der Boden steiniger. Die tiefe Furche, die der Runenstein gerissen hatte, war hier kaum noch zu sehen. Am Fuße eines Berges hörte sie ganz auf.

Verwirrt blieb Einar stehen und sah sich um. Nichts!

„Sie können den Stein doch unmöglich über den Berg geschleppt haben“, murmelte er grübelnd.

Auch Harald schien nicht weiterzuwissen.

Plötzlich aber schnalzte der Wikinger mit der Zunge.

„Ich hab's!", rief er strahlend. „Es gibt nur eine Möglichkeit: Sie haben den Stein in der Opferhöhle versteckt!"

Opferhöhle? Einar zuckte zusammen. Der Name klang nicht gerade einladend. Ob dort Skelette auf sie warteten?

Harald schien seine Gedanken zu erraten. „Es ist nicht so schlimm, wie du denkst", meinte er beschwichtigend. „Die Höhle ist uralt. Zuletzt wurde dort ein Mönch aus Lindisfarne an Tyr, den Kriegsgott, übergeben. Ewig lang her!"

Einar fiel ein Stein vom Herzen. „Gut! Worauf warten wir dann noch?", fragte er erleichtert. „Auf zur Opf..., na, du weißt schon. Zur Höhle eben!"

Harald überlegte kurz, dann zeigte er nach links.

„Da lang! Aber leise!"

Bei dem Gedanken an die beiden Fieslinge zog sich Einars Magen zusammen. Hier draußen in der Einsamkeit wollte er ihnen lieber

nicht in die Hände fallen! Vorsichtshalber nahm er Odin auf den Arm und hielt ihm das Maul zu.

Rasch liefen sie an der Felswand entlang. Nach einem Knick standen sie vor einem niedrigen, aber weiten Loch im Berg. Ein kleines Wikingerpferd konnte dort ohne Mühe hineinlaufen, ausgewachsene Männer mussten sich ducken.

„Irgendwie hab ich ein ungutes Gefühl bei der Sache!“, flüsterte Einar. Unsicher blickte er sich um. Doch niemand war zu sehen.

„Wahrscheinlich haben sie ihre Beute nur

hier abgelegt und sind dann schnell verschwunden!“, glaubte Harald.

„Okay“, beschloss Einar. „Gehen wir rein!“

In der Höhle war es totenstill – und stockdunkel. Langsam setzte Einar einen Fuß vor den anderen. Sein Herz klopfte heftig. Er bekam etwas Weiches zu fassen. Es war Haralds Umhang. Einar atmete kurz auf, doch dann begann Odin unheilvoll zu jaulen. Die Wände warfen das Heulen hundertfach zurück. Einar lief ein Schauer über den Rücken.

„Odin!“, zischte er gereizt.

Weiter kam er nicht. Ein ohrenbetäubendes Grollen schnitt ihm die Worte ab. Der Boden bebte unter seinen Füßen. Erst langsam konnte Einar seine Gedanken sortieren. Dann wusste er plötzlich, was passiert war: Eine Gerölllawine hatte den Eingang der Höhle verschüttet!

„Wir sind eingeschlossen!“, stellte auch Harald fest. Die Stimme des Freundes tröstete Einar ein wenig. Immerhin waren sie noch zusammen!

Auf einmal hörten sie fieses Gelächter, das

von außen zu ihnen drang. Jetzt war klar: Dies hier war kein Unglücksfall. Jemand hatte die Lawine absichtlich ausgelöst!

„Na!“, grölte Ingvar spöttisch. „Wie geht es euch – in eurem Grab?“

Dann entfernten sich seine Schritte hastig.

Die Opferhöhle

Es dauerte eine Weile, bis Einar den Schock überwunden hatte. Sie waren eingeschlossen! Hastig sprang er auf und versuchte, die Steine zur Seite zu räumen. Die Opferhöhle durfte nicht ihr Grab werden! Doch in der Finsternis kullerten die Steine unberechenbar umher. Einer hätte Odin beinahe getroffen. Völlig entnervt gaben die Jungen auf.

„Das wird nichts“, stellte Harald fest. „Und wenn wir bis zum Ragnarök weiterbuddeln!“

Einar setzte sich wieder hin und rieb sich die Stirn. „Hoffentlich ist wenigstens Hugin und Munin nichts passiert!“, murrte er.

„Ich kann dich beruhigen, Menschlein!“, krächzte es neben ihm. „Wir sind beide hier!“

„Aber da wir keine Fledermäuse sind, sind wir hier drinnen genauso blind wie ihr“, fügte Munin kleinlaut hinzu.

„Ingvar, dieser Schuft, hat uns an der Nase herumgeführt“, fluchte Harald. „Wenn wir wenigstens etwas Holz hätten!“

Einar hatte nicht die leiseste Ahnung, was Harald jetzt mit Holz anfangen wollte. Trotzdem tastete auch er den Boden um sich herum ab. Hoffentlich erwischte er keinen Knochen! Ihr stockfinsteres Gefängnis war auch so schon unheimlich genug.

„Na, also!“, jubelte Harald ein Stück entfernt. Dann blitzten winzige Funken auf. Harald schlug zwei Feuersteine aneinander! Bald flackerte eine winzige Flamme auf. Harald kniete neben einer Handvoll dürrer Zweige und pustete behutsam. Im fahlen Lichtschein entdeckte Einar noch weitere Äste. Emsig klaubte er sie auf und warf sie in die Glut.

Als das Feuer richtig loderte, atmete Harald tief durch. „Wenigstens können wir jetzt etwas sehen“, schnaufte er.

Auch Einar war erleichtert. Das Licht schien einen Teil der Unheimlichkeit zu fressen. Außerdem war ja Odin bei ihm. Zufrieden kuschelte sich der Foxterrier in Einars Schoß.

„Und jetzt?“, krächzte Munin.

Einar sah sich um. Die schroffen Wände der Opferhöhle waren über und über mit Runenzeichen bemalt.

„Dein Vater wird uns doch suchen, oder?“, murmelte Einar.

Harald nickte. „Klar! Auf Jörgen kann man sich verlassen!“

„Gut!“, sagte Einar. „Dann müssen wir jetzt nur noch ein paar Stunden rumkriegen. – Wenn wir wenigstens diese Runen lesen könnten!“

Zum ersten Mal fand Einar die Zeit, sich die Zeichen richtig anzusehen. Bisher waren sie ihm nur wie regelmäßige Striche vorgekommen. Jetzt erkannte er Unterschiede: Manche sahen aus wie Blitze, manche wie auf die Spitze gestellte Quadrate, manche wie ein Kamm. Eigentlich fast genauso wie unser heutiges Alphabet, dachte er.

„Und ihre Bedeutung kennt wirklich nur euer Runenmeister?“, fragte er ungläubig.

„Ja“, bestätigte Harald. „Die Zeichen sind heilig. Wer sie schreibt, nimmt Kontakt mit Odin auf!“

„Die Runen sind weit mehr als ein Alphabet, Menschlein!“, fügte Hugin hinzu. „Bei euch ergeben mehrere Buchstaben nur ein Wort. Bei den Wikingern aber setzen sie Magie frei!“

Einar runzelte die Stirn. „Kapier ich nicht!“

„Dann will ich es deutlicher sagen“, fuhr der Rabe fort. „Runen sind ein Symbol für Macht. Wer sie beherrscht, kann andere bezwingen – zum Beispiel einen bösen Dämon, der Schmerzen bringt!“

Haralds Augen blitzten auf.

„Jetzt weiß ich, was dein Rabe meint! Wenn eine Frau ein Kind bekommt, besucht sie der Runenmeister. Er zündet Gräser an und malt ihr eine Rune auf die Hand. Die vertreibt dann die Schmerzen der Geburt!"

Einar hörte sprachlos zu. Konnte das alles wirklich stimmen? Konnten einfache Striche Schmerzen vertreiben? Vielleicht musste man einfach nur fest genug an ihre Kraft glauben?

„Eine Rune hat mir Odin auch beigebracht!", krächzte Munin. Mit einem Ast zog er Striche auf den Höhlenboden. „Diese hier! Man benutzt sie, um einen Berg zu öffnen!"

Einar lachte. Aber Harald war plötzlich hellwach. „Odin sei Dank! Er wird uns einen zweiten Ausgang schlagen!", jubelte er. „Los, nichts wie raus hier!"

Er sprang auf die Füße und ging tiefer in den Felsengang. Einar zögerte. Hinein ins unbekannte Dunkel? Nur, weil Munin eine Rune gemalt hatte?

„Also gut", sagte er zu sich selbst. Mit einem brennenden Ast als Fackel lief er hinter Harald her. Bald hatte er ihn eingeholt. Nach einem scharfen Knick führte ein schmaler Gang aufwärts. Es war glitschig. Plötzlich roch er etwas Wunderbares: frische Luft! Durch einen schmalen Spalt strömte sie in die Höhle. Draußen war es dunkel. Mitternacht musste vorbei sein!

Einar quetschte sich durch den Spalt – und war frei! Sofort zog er Odin und die Raben nach draußen. Harald kam zuletzt ins Freie.

„Wir müssen weit über dem Dorf sein“, glaubte er. „Aber wer hat dann da hinten Feuer gemacht?“ Schon war Harald in der Dunkelheit verschwunden.

„Na, Odin!“ Einar kraulte seinem Freund den Kopf. „Was hältst du von der Wikingerzeit?“ Manchmal war es hier ein bisschen zu aufregend für seinen Geschmack.

Ein Rascheln riss Einar aus seinen Gedanken. Harald tauchte schon wieder aus der Dunkelheit auf.

„Wir sind auf dem Friedhof der Reichen gelandet!“, berichtete er keuchend. „Und was glaubst du, wer da am Feuer hockt? – Unsere beiden besten Freunde!“

Das Geheimnis des Friedhofs

Hektisch trat Harald die Fackel aus und hielt den Finger an die Lippen. Nur das fahle Mondlicht erhellte jetzt noch den Hang oberhalb des Dorfes.

„Die zwei planen irgendeine Schweinerei!“, zischelte Harald zurück. „Und wir finden es heraus!“

„Okay, ich bin dabei!“ Einar streckte Harald seine Hand entgegen. „Wikinger zeigen ihre Angst nicht!“, flüsterte er. Sie umarmten sich. Mit einem Freund wie Harald wird mir alles gelingen, dachte Einar.

Sicherheitshalber ließ er Odin mit den beiden Raben zurück.

Harald rannte beinahe lautlos vorwärts, nie rutschte er aus, nie geriet er ins Stolpern. In weitem Bogen näherten sie sich den beiden Gaunern von hinten.

Bjarne und Ingvar standen in einem Feld von Felsbrocken. Die etwa 20 Steine waren in Form eines Schiffes aufgestellt. Deutlich erkannte Einar Heck und Flanken, vorne lief es spitz im Bug zu.

„Die Reichen lassen sich mit ihren Schiffen begraben!“, erklärte Harald leise. „So reisen sie in die nächste Welt!“

„Was haben die bloß vor?“, murmelte Einar.

Vorsichtig lugte er um einen Felsen herum. Die beiden Schurken stellten an jedem Stein des Grabes eine Fackel auf. Sie zauberten eine gespenstische Stimmung auf den Friedhof. „Du hast keine Angst!“, murmelte Einar sich zu.

Als sich Bjarne und Ingvar von ihnen wegdrehten, klopfte ihm Harald leicht auf die Schulter.

„Los! Wir müssen näher ran! Sonst hören wir nichts."

Einar lief zuerst los. Auf keinen Fall wollte er vor Harald als Skräling dastehen! Er erreichte den Stein und warf sich in Deckung. Jetzt war er keine zehn Meter mehr von der ersten Fackel entfernt. Auf allen vieren kam auch Harald heran.

„Hast du den Mast gesehen?", flüsterte er aufgeregt.

Richtig! Dieses Schiffsgrab hatte als Einziges einen Mast – Odins Runenstein!

Einar spürte sein Herz bis zum Hals schlagen.

Gespannt beobachtete er, wie Bjarne seine speckige Kappe abnahm. Ingvar reichte ihm einen Helm mit zwei Hörnern darauf.

„Hier, Meister!", näselte er. „Ihr müsst richtig gekleidet sein, wenn Ihr mit Eures Vaters Vater sprecht!"

Bjarne rückte sich den Helm auf seinem spärlichen blonden Haar zurecht. Dann hob er die Arme zum Himmel.

„Herjulf, großer Sippenführer in Walhall!", rief

er dröhnend. „Nimm diesen Runenstein als Geschenk deines unwürdigen Sohnes Sohn! Stimme Odin milde! Er soll die Augen des Richters blenden und ihn Jörgen schuldig sprechen lassen!“

Einar durchzuckte es wie ein Blitz. Das war es also! Auch Bjarne glaubte an die Kraft des Runensteins! Konnte der Glaube an diese Magie tatsächlich bewirken, dass Schuldige schuldfrei gesprochen wurden?

„Außerdem hilf mir, großer Herjulf“, donnerte Bjarne weiter, „dass dieser Schatz, der den Familienreichtum mehrt, nicht gefunden wird!“

Mit diesen Worten hob Bjarne eine kleine Holzkiste in die Höhe. Im Fackelschein blitzte es.

Harald riss die Augen auf. „Das ... das gibt’s doch nicht ...!“, stammelte er. „Da ist Mutters Brosche! Sein ganzes Diebesgut liegt hier oben versteckt!“

„Schnell weg hier!“, zischte Einar. „Wir sind in Lebensgefahr!“

Er musste sich stark zusammenreißen, um nicht sofort loszulaufen. Erst ein gutes Stück weit vom Runenstein entfernt, traute er sich zu rennen. Sie wussten nun, was Jörgen schon vermutet hatte: Bjarne war ein Dieb!

Im Dorf angekommen, riss Harald die Decke von der Haustür mit einem Handstreich herunter.

„Wo ist Vater?“, brüllte er in den Raum.

Gudrun fuhr erschrocken von ihrem Bettlager auf. Verdutzt sah sie zu den Jungen herüber. „Wo bist du gewesen?“, antwortete sie sauer.

„Später, Mutter! Ich kann dir alles erklären! Aber jetzt muss ich Jörgen sprechen!“

Gudrun schüttelte den Kopf. „Ich fürchte, das geht nicht. Dein Vater ist beim Ältestenrat. Keiner von uns darf dort erscheinen!“

„Mist!“, fluchte Harald. Doch plötzlich grinste er breit:

„Vielleicht aber auch gar nicht so schlecht. Bjarne und Ingvar wähnen sich in Sicherheit!“

Einar nickte. „Genau! Und morgen werden sie ihr blaues Wunder erleben!“

Gudrun seufzte. „Das hoffe ich nur zu sehr. Wenn Vater verurteilt wird, ist unser Leben zerstört!“

Sie lud Einar ein, die Nacht bei ihnen im Haus zu verbringen. Doch Einar schüttelte den Kopf. Er zog es vor, auf der magischen Insel zu schlafen.

Während er wenige Minuten später durch die Bucht ruderte, zeigte sich am Horizont schon ein heller Silberstreif. Ohne seine Kleider auszuziehen, legte sich Einar in die Hängematte. Odin sprang mit einem Satz in Einars Schoß. Zufrieden fiepend rollte er sich zusammen.

Sofort fielen Einar die Augen zu. Doch auf einmal spürte er ein zartes Klopfen auf seiner Schulter.

„Munin, lass mich schlafen!", murmelte er.

„Gleich, Einar!", krächzte der Rabe leise. „Aber ich muss dir noch etwas verraten: Ich kenne gar keine Runen. Ich habe nur gesehen, wohin der Rauch eures Feuers abzieht. – Bist du jetzt böse mit mir?"

Einar musste grinsen. Munin war so schlau! „Nein, Munin", murmelte er. „Nein! Schließlich hast du uns gerettet!"

Der Rote Erik

Am nächsten Morgen hatten sich alle von den Aufregungen der Nacht erholt. Odin lag unter der Hängematte und nagte an einem Knochen. Ob er sich den von der magischen Insel gewünscht hatte? Aus der Schublade des Tischs zog Einar ein großes Stück Pergament und verstaute es in seiner Tasche. Wenn ich dem Runenstein wieder begegne, will ich sofort mit dem Abmalen beginnen können!, dachte er. Dann lief er an den Steg und stieg ins Boot. Odin und die Raben folgten ihm.

Als sie den Nebel durchdrungen hatten, hob sich der Hafen direkt vor ihnen aus den Wellen empor. Die Dorfbewohner hatten eine gewaltige Palisadenwand aus Baumstämmen in den Meeresboden gerammt. Dieser halbkreisförmige Schutzwall sollte das Dorf und die Schiffe bei Stürmen sichern.

Viel Betrieb herrschte jetzt allerdings nicht. Nur ein Drachenboot und ein Knorr lagen vor Anker. Der Knorr wurde offensichtlich für eine weite Fahrt gerüstet. Etwa 20 Wikinger beluden ihn mit schweren Seemannskisten. Ohne lange nachzudenken, legte Einar an dem hölzernen Steg an.

Als sie Einars Boot bemerkten, bauten sich die Wikinger wie eine Mauer vor ihm auf. Einar erschrak. Einer der Wikinger zog sein Schwert!

Der rothaarige Riese kam langsam auf das Boot zu. Einar kletterte trotzdem auf den Steg. Was hatte Harald gesagt? Ein Wikinger zeigte seine Angst nicht!

„Was willst du hier, Sklave?“, knurrte ihn der Bärtige an. Er legte seine riesige Hand auf Einars Schulter.

„Ich ... ich will ...“, stammelte Einar. Ihm wurde flau.

„Er gehört zu mir, Erik!“, brüllte plötzlich jemand vom Dorf aus. Ein Stein fiel Einar vom Herzen. Harald!

Der Mann nahm seine Hand von Einars Schulter. Grummelnd schob er das Schwert zurück in seinen Gürtel. Mit raschen Schritten stiefelte er zu seinen Männern zurück.

Einar rannte Harald entgegen.

„Das war Rettung in höchster Not!“, stöhnte er. „Ich dachte, mein letztes Stündlein hätte geschlagen!“

Harald grinste. „Keine Angst!“, antwortete er. „Ich hab dir doch gesagt, Erik der Rote ist eigentlich ganz in Ordnung. Nur das heutige Thing macht ihn wohl ein bisschen nervös!“

Erstaunt sah Einar dem rothaarigen Riesen hinterher. Das also war der berühmte Rote Erik! Sein Sohn würde in ein paar Jahren Amerika entdecken! Einar fühlte sich geehrt, ihn kennengelernt zu haben. Auch, wenn er das beinahe mit dem Leben bezahlt hatte. „Und warum hat er mich für einen Sklaven gehalten?“

Harald wuschelte ihm über den Kopf. „Weil du so aussiehst! Alle freien Männer tragen lange Haare. Nur Sklaven haben so eine Frisur wie du!“

Einar war ein bisschen sauer. Warum sagte ihm sein Freund das erst jetzt? Doch er riss sich zusammen. Es gab im Moment weitaus Wichtigeres als einen Streit über Frisuren. „Spuck's aus! Was sagt Jörgen?", platzte es aus ihm heraus.

Harald verzog das Gesicht. „Mein Vater ist heute Nacht nicht nach Hause gekommen. Er berät sich mit einem Freund über das Thing. Wir können ihn vor der Verhandlung nicht mehr treffen!"

Haralds Worte trafen Einar wie ein Schlag ins Gesicht. „Aber ... was machen wir denn jetzt? Er muss doch wissen, dass wir die Brosche bei Bjarne gesehen haben!"

Harald wirkte komischerweise ganz entspannt. „Ich habe schon darüber nachgedacht", antwortete er. „Wir müssen mit dem Runenmeister sprechen. Er ist der oberste Richter beim Thing. Er soll hier im Hafen sein!"

Zu Einars Entsetzen ging Harald zu Erik zurück. Der riesige Wikinger schulterte gerade ein Fass.

„Hast du den Runenmeister gesehen?", erkundigte sich Harald. Einar hielt sich lieber hinter ihm. Die eisige Begrüßung von eben hatte er nicht vergessen. Doch Erik antwortete außerordentlich freundlich: „Klar, hab ich! Hat mein Schiff gesegnet."

Mit seiner behaarten Hand klopfte er auf den Rumpf des großen Schiffs. Am Bug war eine Kette von Runen eingeritzt. „Ägir, der alte Wogenbrauer, soll uns heil übers Meer geleiten!"

Schon wieder Runen, dachte Einar. Langsam spürte er, wie wichtig diese Zeichen für die Wikinger waren. Hugin hatte nicht übertrieben.

„Wo ist der Meister jetzt?", sprudelte es aus Einar heraus.

Erik sah ihn streng an. „Er ist schon zum Thingplatz vorausgegangen. Du weißt, was mir dort blüht?“

Einar wusste nicht genau, ob er antworten sollte. Vorsichtshalber nickte er nur schwach.

„Hm“, knurrte Erik. „Hab mich zu einem Streit hinreißen lassen. Unser Runenmeister wird die Strafe verkünden. Seine Worte sind gerecht und mächtiger als mein Blutzweig!“ Er reichte das Fass an einen Sklaven. „Ich muss los!“

Harald hielt Erik an seinem Umhang fest. „Nehmt uns mit zum Thing!“, bat er.

Erik sah erstaunt auf Harald herunter. Dass ihn so ein Wicht aufhalten wollte, schien ihn zu belustigen. „Junge, du hast Mut!“, sagte er mit breitem Grinsen. „Ein Skräling greift dem Roten

Erik nicht ans Wams, so viel ist klar! Aber zum Thing dürfen nur Männer. Lass mich gehen!“

Er wischte Haralds Hand von seiner Kleidung und stapfte mit großen Schritten davon. Sein Ziel musste der schroffe Felsen sein, der sich hoch über das Meer erhob.

Einar erkannte ihn gleich wieder: der Rabenfelsen! Hier hatten Harald und er gestern Vogeleier gesammelt und später Freundschaft geschlossen. Heute wurde die Ebene auf dem Felsen als Versammlungsort genutzt. Eben hissten zwei Männer eine Flagge, das erkannte Einar auch aus dieser Entfernung.

„Das Thing ist eröffnet“, murmelte Harald tonlos. Einar bemerkte den dumpfen Blick seines Freundes.

„An den Wachen kommen wir nicht vorbei“, seufzte er. „Mein Vater muss ohne unsere Hilfe Recht bekommen!“

Einar grübelte. Wie sollte sich Jörgen denn alleine verteidigen – ohne Beweise? Konnten sie wirklich gar nichts für ihn tun? Oder vielleicht ... doch? „Ich glaube, ich weiß, wie wir die Wachen austricksen können!“

Das Thing

Einar griff zwischen die Gesteinsbrocken. Da war es! Triumphierend zog er Haralds Seil aus dem Versteck. „Die Wachen stehen nur am Weg“, meinte er. „Dass zwei verrückte Jungen über den Felsen hinaufklettern, vermutet bestimmt keiner!“

Harald war verblüfft. „Und du bist ganz bestimmt kein Wikinger?“, sagte er lachend.

Einar antwortete nicht. Er starrte am Rabenfelsen hoch. Es war keine Zeit zu verlieren. Beim dritten Versuch traf sein Lasso die Felsnase. Ein leichter Ruck, und es hielt!

„Ich gehe zuerst!“, bestimmte Harald.

Lautlos hangelte er sich nach oben.

„Los, jetzt du!“, rief er zu Einar hinunter.

Einar atmete tief durch. Dann stieß er sich vom Boden ab.

Odin fiepte jämmerlich unter ihm. Aber Einar

durfte sich nicht umdrehen! Mit aller Kraft zog er sich höher und höher. Vom Felsvorsprung streckte ihm Harald die Hand entgegen.

„Du hast es gleich geschafft!“, feuerte er ihn an. Einar packte Haralds Arm. Dann war er in Sicherheit. Nebeneinander krochen sie zu einem kleinen Busch und spähten durch die kargen Zweige.

„Ich nehme das Urteil an!“, dröhnte es ihnen entgegen. Der Rote Erik! Einar robbte um den Busch herum, Harald folgte ihm lautlos. Der rothaarige Wikinger stand vor einem hölzernen Thron, mindestens 50 Männer hockten auf der Wiese.

„Ihr habt mich für friedlos erklärt!“, fasste Erik zusammen. „Meine Familie wird das Land verlassen. Erweist mir eine letzte Ehre: Bitte lasst uns in Frieden ziehen!“

Der Mann auf dem Thron erhob sich. Sein weißer Bart reichte ihm bis zur Brust. „So soll es sein!“, verkündete er.

„Das ist er!“, flüsterte Harald. „Das ist der Runenmeister!“

Jetzt entdeckte Einar auch Jörgen. Haralds

Vater hatte sich einen feinen Leinenrock übergeworfen. Aber die Sorge hatte sich über Nacht noch tiefer in sein Gesicht gegraben.

„Nun wollen wir Bjarne hören!“, bestimmte der Runenmeister. „Was hast du zu sagen?“

Bjarne trat vor den Thron. „Jörgen der Schmied hat meine Ehre verletzt!“, nuschelte Bjarne. „Sagt, ich sei ein gemeiner Dieb!“

„Und? Bist du einer?“, fragte ein Mann in einem Bärenfell.

„Natürlich nicht!“, erwiderte Bjarne. „Bin ein ehrlicher Zimmermann. Kann jeder hier bestätigen!“

Ein Murmeln ging durch die Reihen. Einar las in den Gesichtern, dass diese Worte die Männer amüsierten. Doch der Runenmeister ließ sich davon nicht beeinflussen.

„Was sagst du zu diesem Vorwurf, Jörgen Haraldsson?“

Harald biss sich vor Spannung auf die Lippe.

„Ihr Männer, hört mich an!“, begann Jörgen. „Bjarne hat meiner Frau eine Brosche gestohlen!“

„Ist nicht wahr!“, fuhr Bjarne dazwischen. Er besaß tatsächlich die Frechheit, Jörgen ins Gesicht zu schwindeln! „Und wenn du diese Lüge noch einmal wiederholst, werde ich dich gleich hier mit meinem Schwert erschlagen!“

Der Runenmeister hob den Arm, um Bjarne zu beruhigen. „Das sind starke Worte, Jörgen! Kannst du das beweisen?“

Deutlich sichtbar schoss dem Schmied das Blut ins Gesicht. Einar hielt die Luft an. Ob Jörgen inzwischen ein gutes Argument gefunden hatte?

„Ich ... Nein ...“, stammelte Jörgen. „Aber ich weiß es einfach!“

Ein Raunen ging durch die Reihen der Wikinger.

Auch der Runenmeister stand auf. „Du beschuldigst also den Zimmermann ohne Beweise?“

Jörgen starrte ins Gras. Dann nickte er zaghaft.

„So verletzt du also die Ehre dieses Mannes nur wegen eines Verdachts?“, fuhr ihn der Richter scharf an.

Jörgen blickte sich um. Dann nickte er schwach.

Der Richter lehnte sich auf seinem Thron zurück. „Die Ehre eines Mannes ist wertvoller als sein Haus und sein Blutzweig. Und du hast Bjarnes Ehre grundlos besudelt!“

Einar beobachtete mit klopfendem Herzen, wie der Richter und zwei Männer die Köpfe zusammensteckten.

„Unsere Beratung war kurz, denn unser Urteil ist einstimmig“, verkündete der Runenmeister. „Hiermit verurteilen wir dich zum Tod durch den ...“

„Halt!“ Plötzlich sprang Harald auf den Thingplatz. „Bjarne ist wirklich ein Dieb!“

Fassungslos starrte Einar seinem Freund hinterher.

Da eilten auch schon die Wachtposten herbei. Einer von ihnen hielt Harald sein Schwert an die Kehle. „Du weißt, was mit Kindern passiert, die das Thing stören?“, bellte er.

„Ich habe das Diebesgut gefunden!“, presste Harald hervor.

„Unsinn!“, stammelte Bjarne. „Werft den Knaben über die Klippen, wie das Gesetz es will!“

Schon wollten die beiden Wachen Harald an den Rand des Felsens führen. Doch Erik der Rote stellte sich ihnen in den Weg. „Ich habe diesen Jungen als mutigen Kerl kennengelernt!“, herrschte er die Männer an. „Auch mir fehlt ein goldener Ring, seit Bjarne in meinem Haus gearbeitet hat. Nie würde ich ihn beschuldigen, aber ...“ er fuhr sich mit den Fingern durch den roten Bart, „... wenn er tatsächlich ein Dieb ist, dann gnade ihm Thor!“

Die Männer sahen verwirrt zwischen Erik und dem Runenmeister hin und her.

„Es sei!“, entschied der alte Richter. „Sage uns, wo du die Brosche gesehen hast!“

Der Wachtposten ließ sein Schwert sinken. Harald würgte. „Bjarne hat den ganzen Schmuck auf dem Friedhof versteckt. Unter dem großen Stein auf dem Grab seines Vorfahren Herjulf in einer kleinen Kiste!“

Der Runenmeister nickte einem der Wachtposten zu. Sofort rannte dieser Richtung Friedhof davon.

Einar jubelte innerlich. Harald war wirklich ein Teufelskerl!

„Mein Freund, ich warne dich!“, herrschte der Runenmeister in diesem Moment Harald an. „Wenn du das hohe Thing belogen hast, erwartet dich die schlimmste Strafe!“

Einars Jubelgefühl wich mit jeder Minute, in der der Späher nicht zurückkam, einem dumpfen Unbehagen. Auch unter den Männern herrschte große Anspannung. Keiner sagte ein Wort.

Einar sah zu Bjarne hinüber. Gleich würde er seine gerechte Strafe bekommen! – Aber was ...? Irgendetwas stimmte nicht! Bjarne grinste! Konnte es sein, dass ...?

Endlich kehrte der Wachtposten zurück. „Keine Kiste. Keine Brosche!“, berichtete er keuchend.

Einar durchzuckte es wie ein Blitz. Bjarne und Ingvar hatten sie schon wieder hereingelegt!

Die Brosche

Einar kochte vor Wut. Schon wieder hatten sie Ingvar und Bjarne unterschätzt. – Offensichtlich hatten die beiden von Anfang an alles geplant: An dem Runenstein waren sie nie interessiert gewesen. Der war nur der Lockvogel, um Harald und ihn zu dem falschen Versteck zu locken und sie so aus dem Verkehr zu ziehen. Ihnen war die Flucht früher als gedacht gelungen – na und? Sie hatten Ingvar ja am Morgen genug Zeit gelassen, das Diebesgut wegzuschaffen. Mit Haralds Auftritt vor dem hohen Thing hatten sie ihren Kopf aus der Schlinge ziehen können. Was immer Harald oder Jörgen jetzt noch sagen würden, keiner würde ihnen mehr glauben.

Auch der Runenmeister nicht. Einar sah, wie der alte Mann zornesrot anlief.

„Deine Reden haben den Rat des Thing

beleidigt, junger Harald Jörgensson!“, schnaufte er. „Dafür gibt es nach unserem Recht nur eine Strafe: Du wirst mit deinem Vater ausgesetzt werden. Auf einer einsamen Insel ohne Nahrung. Auf dass ihr verdursten und verhungern möget!“

Erschrocken blickte Einar auf Harald. Doch sein Freund empfing den Richterspruch ohne Anzeichen von Angst oder Verzweiflung.

Ingvar grinste hämisch. Die ganze Zeit hatte er sich hinter Bjarne verborgen – nun traute er sich hervor und streckte Harald die Zunge heraus. Was für ein Held!

Einar zermarterte sich das Hirn. Hier und jetzt konnte er Harald nicht retten!

„Willst du deinem Freund nicht helfen, Einar?“

Munin war neben ihm im Gebüsch gelandet.

„Munin!“, seufzte Einar verzweifelt. „Bevor ich nur den Mund aufgemacht habe, werden sie mich doch die Klippen herunterstoßen!“

„Das stimmt wohl“, krächzte der Rabe. „Dabei ist es so einfach. Die Brosche ist in Bjarnes Gürteltasche!“

Einar glaubte, sich verhört zu haben. „Er hat das Diebesgut hier bei sich?“

„Ja. Wo wäre es sicherer?“

In Einars Kopf arbeitete es wie wild – das war eine neue Chance! „Munin“, flüsterte er schließlich, „nur du kannst Harald retten! Tu jetzt genau, was ich dir sage!“

Kaum hatte er seinen Plan erklärt, da flatterte Munin auch schon los. Der Rabe flog krächzend einen großen Bogen. Als Hugin hinzukam, starrten die Wikinger erschrocken zum Himmel. Nur das Flügelschlagen der beiden Vögel war zu hören. Dann sauste Munin plötzlich im Sturzflug auf Bjarne nieder. Bjarne hob abwehrend die Arme, doch da packte der Rabe schon die Tasche des Zimmermanns. Mit einem Ruck seiner Krallen riss er sie vom Gürtel. Verblüfft sahen alle, was nun über den Boden kullerte:

eine Brosche, mehrere goldene Ringe und ein Kamm aus Bronze! Keiner der Männer zuckte auch nur mit der Wimper. Munin pickte nach der Brosche, nahm sie in den Schnabel und legte sie vor Jörgen ab. Dann breiteten beide Raben ihre Schwingen aus und segelten aufs offene Meer davon.

„Bombastisch fantastisch!“, flüsterte Einar in seinem Versteck. Sein Plan war voll und ganz aufgegangen!

Die Wikinger waren sprachlos. Jeder schien zu wissen, dass diese beiden Vögel keine normalen Raben gewesen waren.

„Odin hat uns seine Boten geschickt!“, rief der Runenmeister mit dröhnender Stimme über den Platz. „Der große Wissende wollte uns vor einer Dummheit bewahren. Wir haben die Falschen verurteilt. Dort stehen die wahren Schurken!“ Mit seinem runenverzierten Stab zeigte er auf Bjarne und Ingvar. Die beiden blickten sich hastig um, als ob sie nach einer Fluchtmöglichkeit suchten. Sie gaben schnell auf.

„Ich habe einen Vorschlag zu ihrer Bestrafung!“, rief Jörgen. Er strahlte wieder die alte Zuversicht aus. „Setzt sie in ein Boot ohne Ruder, mit Proviant für einen halben Mond und Saatgetreide. So die Götter es wollen, treiben sie an eine fruchtbare Küste. Wenn nicht, so haben die Fische ihre Freude an ihnen!“

Der Runenmeister stampfte mit seinem Stab auf. „So soll es sein. Und jetzt schafft sie mir aus den Augen. Sie haben sich so vieler Verbrechen schuldig gemacht, dass sie unsere Ehre durch ihre bloße Anwesenheit verletzen!“

Nur allzu gerne, so schien es, folgten die Wachtposten den Anweisungen.

„Und jetzt auf zum Festplatz!“, verkündete der Runenmeister. „Wir müssen uns bei Jörgen und seinem mutigen Sohn entschuldigen! Am besten mit einem guten Essen!“

Einar lächelte. So leise, wie er gekommen war, schob er sich rückwärts an die Klippe heran. Schnell fand er eine Kante für seinen Fuß. Und schon wenige Minuten später schloss er Odin glücklich in die Arme.

Mittsommerfest

Einar wäre gerne sofort zum Festplatz gerannt, um mit Harald und Jörgen zu feiern. Doch es gab noch etwas zu tun. Schon bald erreichte er sein Ziel – den Hügel mit den schiffsförmig angeordneten Steinen. Jetzt, bei hellem Tageslicht, konnten sie ihm keinen Schrecken einjagen. Das Grab des Herjulf war leicht zu finden. Der Runenstein ragte noch immer wie ein Mast aus seiner Mitte empor.

Einar kniete nieder. Mit einem dicken Stift begann er, die Zeichen zu übertragen. Dreimal überprüfte er den Text. Dann schob er das Blatt zufrieden in die Tasche zurück.

„So, Odin“, sagte er fröhlich und rannte los. „Jetzt feiern wir auch!“

Auf dem großen Festplatz vor dem Dorf herrschte ein unglaubliches Gedränge. Die Männer hatten sich rot und blau angemalt, die

Frauen trugen schwere Ketten mit goldenen Anhängern. Aber wo war Harald?

Da ertönte ein durchdringendes Tuten. Ein Sklave blies kräftig in ein langes Kuhhorn.

Hoheitsvoll betrat der Runenmeister den hölzernen Tanzboden. Er hob seinen Birkenstab. Sofort verstummte alles Lachen.

„Ich bin stolz, euch einen neuen Mann vorzustellen“, rief der Runenmeister laut, „Harald Jörgensson!“

Harald, der nun auf die Plattform stieg, strahlte übers ganze Gesicht.

Jörgen platzt sicher vor Stolz, dachte Einar. Der Schmied wuchtete soeben eine Holzkiste neben den Runenmeister. Einar erkannte sie sofort wieder: Das war die Kiste, die Harald nie hatte berühren dürfen! Jörgen schlug den Riegel zur Seite und griff hinein. Behutsam zog er ein Schwert hervor, prachtvoller als alle, die Einar bisher gesehen hatte. Auch Harald fielen schier die Augen aus dem Kopf.

„Dieser Blutzweig ist mein Meisterwerk. Du sollst ihn bekommen, mein Sohn, denn du bist mutiger als der Elchbulle im Wald!“

Alles in Einar jubelte. „Hurra!“, rief er. „Hoch lebe Harald!“

Einen Augenblick lang zögerten die Wikinger, dann fielen sie in Einars Jubelschrei ein. „Hoch lebe Harald!“, grölten sie. „Hoch lebe Jörgen, der Schmied!“ Die umstehenden Männer klopften ihnen auf die Schultern und zogen sie mit sich fort. Wieder war Harald in der Menge verschwunden. Einar wollte ihm schon hinterhereilen, da spürte er plötzlich einen Blick.

Er suchte die Menge ab. Es war der Runenmeister, der ihn anstarrte.

„Du hast etwas für mich, nicht wahr?“, fragte er mit fester Stimme.

Wie gebannt griff Einar in seine Tasche und zog das Pergament mit dem Liedtext heraus. „Ich leihe es dir aus“, antwortete er mutig. „Aber dann brauche ich es wieder!“

Der Runenmeister faltete das Blatt vorsichtig auseinander und überflog es mit den Augen. Dann nickte er zufrieden.

„Endlich ist es wieder da“, murmelte er, tief gerührt.

Am Abend, als sich das ganze Dorf zum Festmahl um ein großes Feuer versammelt hatte, sang der Runenmeister mit hoher Stimme das Loblied auf den tapferen Smigur.

Dies ist ein Lob auf Smigur den Seefahrer.
Tapfer war er, wie kein Mann zuvor.
Allein trieb er auf seinem Schiff.
Die Wellen hoch wie die Blutbirke
in seinem Dorf.

Verloren war er.
Smigur rief den Allwissenden an.
„Odin!“, rief Smigur.
„Deine Macht ist stärker als der Wind!
Schicke mir Kraft!“
Der Donner grollte.
Smigur schnitt ein neues Ruder aus dem Mast.
100 mal 100 Tage schlief er nicht.
Unaufhörlich rief er Odins Namen.
Dann wurde das Meer glatt.
Er ging an Land, wo dieser Stein steht.
Unser aller Vater ist er.
Wie Odin, der Donnerbezwinger.
Lob sei dem tapferen Smigur.
Lob sei Odin.

Nicht wenigen der hartgesottenen Wikinger traten Tränen in die Augen. Der Alte beendete das Lied mit einem tiefen Dank an Odin. Alle stimmten in den Dank ein.

Sklaven mit Platten und Schüsseln voller Speisen kamen auf den Festplatz.

Harald grinste Einar an. „Ich glaube, damit ist unser Abenteuer beendet ... Sag mal, du hast nicht zufällig etwas mit meiner Rettung vor dem Thing zu tun gehabt?"

Einar musste lachen. „Nein, wie kommst du darauf?"

Harald lachte zurück. „Weißt du, wir haben übrigens noch einen Grund zum Feiern. Der Rote Erik war von meinem Mut so beeindruckt, dass er mich gefragt hat, ob ich mitkommen will! Auf seinem Schiff!"

„Bombastisch fantastisch!", jubelte Einar.

Harald zog die Stirn kraus. „Was soll das eigentlich bedeuten?", fragte er.

Einar lachte. „Tja, weißt du, ich spiele auch so gerne mit Worten wie ihr. *Toll* klingt so langweilig. Ich nenne es *bombastisch fantastisch*!"

Harald nickte. „Ja, da hast du recht. Bestimmt wird es bombastisch fantastisch mit Erik. Sag, kommst du mit?"

Einar schluckte. Er hatte ganz vergessen, dass er irgendwann wieder Abschied nehmen musste. „Nein, ich muss auf eine andere Reise gehen!", antwortete er ausweichend. „Aber erst morgen. Heute wird gefeiert!"

Harald umarmte ihn. „Ja, heute wird gefeiert!“ Lachend gingen die beiden Freunde über den Festplatz. Überall hingen bauchige Kessel im Feuer. Einar aß Fisch, Rentier und Zwiebelgemüse, dazu trank er Honigwasser. Dann trat eine Gruppe von Musikanten auf die Bühne. Sie flöteten auf ausgehöhlten Rentierknochen, ein dicker Wikinger schlug die Pauke dazu. Jörgen tanzte mit Gudrun, Harald mit seiner Schwester Stine, und Einar forderte sogar die schöne Vigtis auf. Er tanzte, bis ihm schwindelig wurde.

Erst tief in der Nacht kehrte Einar zur magischen Insel zurück, mit jeder Menge Schmetterlingen im Bauch. Glücklich rollte er sich in seiner Hängematte ein.

Ein neues Abenteuer

Donnernde Jubelrufe rissen Einar am nächsten Morgen aus dem Schlaf. Rasch eilte er zum Ufer der Insel. Was er sah, warf ihn fast um!

Eriks Knorr verließ soeben das Hafenbecken. Drei Wikinger setzten das rot-weiß gestreifte Segel.

„Freie Fahrt voraus!“, rief ihnen Erik zu. Er stand am Bug des Schiffs und blickte aufs Meer hinaus. Plötzlich tauchte Haralds Kopf neben ihm auf. „Flieg, Fjordelch, flieg!“, rief er. Fjordelch! Sicher wieder so ein Wikingerwort für *Schiff*, glaubte Einar.

Er freute sich mit seinem Freund. Als das Schiff ganz dicht an der magischen Insel vorbeifuhr, warf Harald eine eng verschnürte Lederhaut über die Reling. Sie landete direkt vor Einar im Sand. „Dein Freund zu sein ist einfach bombastisch fantastisch!“, rief Harald grinsend.

Einar winkte ihm lange hinterher. Erst als das Schiff am Horizont verschwunden war, wickelte Einar das Paket aus. Ein Schwert! Nein, ein Blutzweig!, verbesserte er sich lachend. Auf der Klinge waren gerade und gezackte Striche eingraviert – Runen!

„Hugin, Munin? Wo seid ihr?“, rief Einar begeistert. Etwas schläfrig tapste Munin hinter der Hütte hervor. „Hier, Einar“, krächzte der Rabe. „Geh doch schon einmal in die Hütte. Odin erwartet dich!“

Zögernd trat Einar ein. Wo eben noch seine Hängematte gewesen war, stand nun wieder der steinerne Thron. Odin saß darauf, als wäre er niemals weggewesen. Hugin hockte auf seiner Schulter.

„Wie mir mein Rabe berichtet, hast du deinen Auftrag gemeistert.“

Einar nickte. „Ich hoffe es! Der Text ist jedenfalls in meiner Tasche!“

Odin schüttelte den Kopf. „Den benötige ich nun nicht mehr.“

Er schlug sein dickes Buch auf. „Ich habe das Loblied auf den tapferen Smigur bereits eingetragen. Der Gesang des Runenmeisters ist bis zu mir nach Asgard gedrungen. Er hat mein Herz sehr erfreut, Einar. Dafür danke ich dir!“

„Nein“, antwortete Einar. „Ich muss dir danken! Diese Reise war so aufregend und spannend, dass ich keinen einzelnen Schritt bereue. Auch wenn es manchmal ganz schön gruselig und gefährlich war!“

Odin nickte. Er schien hochzufrieden zu sein. „Gut, mein lieber Einar. Und jetzt habe ich noch eine letzte Bitte an meinen Forschungsassistenten. Schreibe mir einen kurzen Bericht über das Leben in der Wikingerzeit. Danach bist du von allen Pflichten entbunden!“

Einar merkte, wie sein Herz einen Hüpfer machte. „Nichts lieber als das!“, jubelte er. „Ich wollte sowieso alles noch einmal in Ruhe nachlesen, wenn ich wieder zu Hause bin!“

„Du bist bereits da, Menschlein!“, krächzte Hugin. „Und denk dran: Es regnet und stürmt!“

Verwirrt blickte Einar zur Tür der Hütte hinaus. Das eben noch so schöne Mittsommerwetter hatte sich zu einem tosenden Sturm gewandelt. Richtig, alles hatte ja mit dem Sturm angefangen!

„Einar, vergiss dein Schwert nicht!", mahnte ihn Odin. „Die Runen bedeuten: ein Lob auf den tapferen Einar!"

Tief berührt drückte Einar das Schwert an sich. „Ach, eine Frage habe ich noch!" Einar zögerte. „Bjarne und Ingvar, haben sie es damals auf eine Insel geschafft?"

Odin nickte. „Und dort sind sie glücklich geworden!"

„Und ... Harald?"

„Harald hat Erik den Roten nach Island und dann nach Grönland begleitet. Später ist er mit Leif Eriksson nach Vinland gefahren. Er ist ein tüchtiger Seemann und ein mutiger Abenteurer geworden, dein Freund Harald."

Plötzlich zuckte ein greller Blitz auf. Einar kniff die Augen zusammen. Als er sie wieder öffnete, waren Odin und sein Wolf mitsamt dem Thron verschwunden. Rasch zog sich Einar Jeans, T-Shirt und Wachsjacke an. Dann stieg er in das kleine Ruderboot, das von den Wellen hin- und hergeschleudert wurde. Schnell sprang auch Odin an Bord. Beide hatte der peitschende Regen schon nach Sekunden durchnässt.

„Mach's gut, Einar!", krächzte ihm Munin hinterher.

„Tschüss, ihr zwei!", antwortete Einar und ruderte los. „Ich werde euch vermissen!"

„Man trifft sich immer zweimal im Leben!", rief Hugin gegen den Orkan an.

In diesem Augenblick stieß das Boot ans Ufer. Mit einem Sprung war Einar auf den Felsen der Küste. Auf dem Weg zum Leuchtturm musste er breit grinsen. Eine Reise in die Zeit der Wikinger? Davon konnte er keinem erzählen, niemand würde ihm glauben!

„Einar!"

Seine Mutter stand an der Tür des Turms und brüllte ihm entgegen. „Komm sofort rein!"

„Mama!", rief Einar erfreut. „Wie schön, dich endlich wiederzusehen!" Freudig fiel er seiner Mutter um den Hals.

„Einar, spinnst du? Du bist klitschnass!", kreischte sie zum Spaß. „Und jetzt nichts wie rein! Bei dem Wetter bleibt man in der warmen Stube. Auch wenn man ein Hund ist!"

Das galt Odin, der sich die Tropfen aus dem Fell schüttelte.

„Eieieiei ... eine Sintflut im eigenen Haus! Einar, bitte rubble Odin rasch trocken, und dann ab unter die heiße Dusche mit dir!"

„Klar, zu Befehl. Aber danach darfst du mich eine Weile nicht stören", wünschte Einar. „Ich muss etwas Wichtiges schreiben!"

Seine Mutter zog verwundert die Augenbrauen hoch.

„Gilt das auch, wenn ich dir eine Tafel Schokolade bringen möchte?“

Einar grinste.

„Natürlich nicht! Dafür bekommst du eine Sondergenehmigung!“

Lieber Odin!

Wikinger lebten etwa zwischen 800 und 1100 nach Christus im heutigen Dänemark, Norwegen und Schweden. Wer glaubt, sie wären nur prügelnde Unholde gewesen, der irrt sich gewaltig!

Die meisten Wikinger waren Bauern. Sie bauten Gerste, Hafer und Roggen an, außerdem Erbsen, Bohnen, Kohl und Zwiebeln. Milch bekamen sie von Kühen und Ziegen; Schafe lieferten Wolle. Natürlich aßen sie auch viel Fisch. Im Winter jedoch wurden die Vorräte oft knapp und die Ärmsten verhungerten. Der Hof mit allen Ländereien wurde an den ältesten Sohn vererbt. Die anderen Kinder erhielten nichts.

Viele junge Männer ließen sich deshalb für Raubzüge anwerben. Mit ihren wendigen Schiffen befuhren die Wikinger die Küsten von ganz Europa und plünderten die reichen Städte aus. Besonders gerne überfielen sie auch Klöster, weil die Mönche sich nicht gut wehren konnten.

Der erste schriftlich bezeugte Raubzug der Wikinger war der Überfall auf das Kloster Lindisfarne, England, im Jahr 793. Dieses Jahr markiert den Beginn der Wikingerzeit.

Bald wurden ihre Überfälle größer: Bei einem Angriff im Jahr 907 auf Konstantinopel, dem heutigen Istanbul in der Türkei, zählte ein Chronist 80 000 Wikinger auf 2 000 Schiffen!

Da es weder Seekarten noch Kompass gab, mussten sich die Wikinger auf See an der Sonne und nachts an den Sternen orientieren. Außerdem beobachteten sie den Flug der Seevögel, die Farbe des Wassers, die Meeresströmung und sogar den Zug von Fischschwärmen. Weil sie so gute und wagemutige Seefahrer waren, führten ihre Reisen fast um die ganze Welt, sogar bis nach China!

Mit den fremden Ländern Handel zu treiben, war aber noch lohnender, als sie auszurauben. Das begriffen die Wikinger schnell. Sie tauschten Wolle, Walross-Elfenbein, Felle und Bernstein gegen Waren ein, die es in Skandinavien nicht gab: Wein, Salz, Honig, Wachs, wertvolle Gewürze, Seide oder Porzellan.

Bald entstanden im Reich der Wikinger große Handelsstädte, zum Beispiel Haithabu und Hedeby. Hier legten auch fremde Händler aus anderen Ländern mit ihren Schiffen an. Statt zu tauschen, bezahlten sie ihre Waren mit Silber.

Die Wikinger waren exzellente Schiffsbauer. Sie bauten drei verschiedene Arten von Schiffen. Die berühmten Langschiffe wurden für den Krieg und für Überfälle angefertigt. Sie waren ungefähr 30 Meter lang und lagen sehr flach im Wasser. So konnten die Wikinger ganz nah an die Küsten heranfahren, ohne auf Grund zu laufen. Bis zu 60 Krieger saßen auf ihren Seemannstruhen, worin alles war, was sie für die Reise brauchten. Um Feinde und fremde Götter abzuschrecken, wurde der Vordersteven bei Raubzügen mit Furcht einflößenden Figuren verziert – zum Beispiel einem Drachen, weshalb man diese Kriegsboote auch „Drachenschiffe“ nennt.

Die zweite Schiffsart hieß „Knorre“. Diese Boote waren viel kürzer und hatten einen Bauch mit viel Stauraum. Die Wikinger benutzten die Knorre als Handelsschiff, da sie viel Ware aufnehmen konnte. Dazu gab es kleine Boote, die zum Fischfang oder für Transporte benutzt wurden.

Ein großes Schiff zu bauen, dauerte sehr lange. Die Wikinger hatten hervorragende Handwerker, die ohne Bauplan auskamen und sich allein auf ihre Erfahrung verließen. Sie zimmerten zuerst das Grundgerüst des Schiffs, also den Kiel aus Eiche und die Verstrebungen. Wie das Skelett eines Wals sah das aus! Darauf wurden lange Planken genagelt. Sie mussten regelmäßig mit Teer und Seehund-Öl abgedichtet werden.

Der Mast kam zum Schluss. Er wurde aus einem geraden Baum gezimmert. Die Segel waren aus Leinenbahnen zusammengenäht und oft rotweiß gestreift. So waren die Schiffe von Weitem zu erkennen und verbreiteten schon Angst und Schrecken, bevor sie überhaupt anlegten. Viele Wikinger siedelten nach Island oder Grönland über. Manche zogen auch nach Russland und gründeten dort neue Siedlungen und Städte. Als Leif Eriksson, der Sohn des Roten Erik, erwachsen war, machte er sich auf den Weg, neues Land zu erkunden. Er fand Amerika, 500 Jahre vor Kolumbus! Leif nannte es Vinland, weil er meinte, dass dort Weintrauben wachsen. Nach einem Jahr Forschungsreise fuhr er zurück nach Grönland. Seine Brüder versuchten später, das neue warme Land zu besiedeln. Doch die Indianer lieferten sich immer wieder Kämpfe mit ihnen, bis sie schließlich ins Wikingerreich zurückkehrten.

Das Zeitalter der Wikinger überdauerte kaum 300 Jahre. Doch die Wikinger sind nicht ausgestorben wie die Dinosaurier. Ihre Nachfahren leben heute vor allem in Dänemark, Schweden, Norwegen, aber auch in Russland, Irland, Schottland, England und Norddeutschland.

Um das Jahr 1000 wurden die Wikingerkönige wie Harald Blauzahn oder Olav Tryggvason Christen. Für ihre Handelsbeziehungen mit den christlichen Ländern schien ihnen das von Vorteil zu sein. – Auch wenn ihnen die neue Religion mit nur einem Gott erst mal komisch vorkam. Begriffe wie „Vergebung“ und „Reue“ auch. Die Wikingerkönige zwangen ihre Untertanen zur Taufe.

Die Wikinger heirateten Frauen anderer Völker und die Kulturen vermischten sich. Die Götter der Wikinger wurden nach und nach vom christlichen Glauben verdrängt. Unsere Wochentage erinnern jedoch noch heute an sie: Donnerstag war der Tag des Donnergottes Thor. Auf Englisch heißt er auch noch Thursday. Freitag kommt von Freyr, dem Gott der Fruchtbarkeit.

Einen Helm mit Hörnern darauf habe ich übrigens nur ein einziges Mal bei einem Wikinger gesehen. Bjarne trug ihn bei seiner merkwürdigen Zeremonie. Alle anderen Helme waren glatt – was im Kampf auch viel praktischer und sicherer war.

Ich glaube, das ist das Wichtigste, was ich über die Wikinger herausgefunden habe. Es hat mir Spaß gemacht, dein Forschungsassistent zu sein!

Vielen Dank für das tolle Abenteuer,

Dein Einar

Die ersten 20 Lebensjahre verbrachte THiLO mit Kinderbüchern in der elterlichen Buchhandlung. Anschließend schaute er sich in Afrika, Asien und Mittelamerika um, bevor er mit Freunden als Kabarett-Trio *Die Motzbrocken* erfolgreich durch die Lande zog. Heute lebt THiLO mit seiner Frau und seinen vier Kindern in Mainz und schreibt Geschichten und Drehbücher u. a. für Siebenstein, Sesamstraße, Schloss Einstein und Bibi Blocksberg.
Im Loewe Verlag sind bereits zahlreiche Bücher von ihm erschienen, darunter die Reihe *1001 Abenteuer* und der Kinderroman *Die furchtlose Elf*.
Mehr über THiLO und seine Geschichten erfahrt ihr im Internet unter www.thilos-gute-seite.de.

Almud Kunert erblickte an einem eiskalten Januarnachmittag bei Schneetreiben in Bayreuth das Licht der Welt und bestritt dort auch ihre schulische Laufbahn vom Kindergarten bis zum Abitur. Danach zog sie vom schönen Frankenland ins schöne Frankreich, um in Paris zu studieren. In München schloss sie ihr Studium der Bildenden Künste an der Akademie ab. Seither hatte sie als freischaffende Künstlerin diverse Ausstellungen und ein Stipendium der Sommerakademie Salzburg, außerdem arbeitet sie seit 1990 auch für Werbeagenturen und seit 1991 für verschiedene Verlage.